7 HORAS PARA O MAIS LONGE POSSÍVEL

DIAS FERPELLA

7 HORAS PARA O MAIS LONGE POSSÍVEL

NOVOS ASES

Preparo de originais: Gabrielle Antunes

Revisão: Lilian Ferraz

Diagramação: Danielle V. Cardoso

Capa: Melissa Matos

Catalogação na publicação
Elaborada por Bibliotecária Janaina Ramos – CRB-8/9166

F367s

Ferpella, Dias

7 horas para o mais longe possível / Dias Ferpella. – Rio de Janeiro: Ases da Literatura, 2023.

N p.; 14 X 21 cm

ISBN 978-65-54282-22-2

1. Ficção. 2. Literatura brasileira. I. Ferpella, Dias. II. Título.

CDD 869.93

Índice para catálogo sistemático

I. Ficção : Literatura brasileira

www.asesdaliteratura.pt

Bis zum Mond und wieder zurück.

3LW

Agradecimentos

Gostaria de agradecer primeiramente a minha querida Romana. Essa história seria outra se você não tivesse a acompanhado de perto, lendo para mim e me ouvindo ler para você. Foi você que convenceu Benz a nos falar mais sobre Tina.

Agradeço à minha tia Adriana, sempre entusiasmada, sempre ansiosa por ler minhas novas ideias. De alguma forma, seu interesse faz com que eu me dedique mais, me faz querer terminar para que você possa ler e me dê seu valioso parecer. É uma honra ter obras minhas na sua estante, sendo você a maior amante de livros que eu conheço.

Meus sinceros agradecimentos para Eric, que quer ler mais, sempre mais. Agradeço sua disponibilidade, sua disposição e suas análises sinceras durante a revisão conjunta do texto, contribuindo para o polimento da versão final.

Em 2016 escrevi um conto sobre Paul e sua amante. E foi minha irmã, que ao ler, sugeriu que "Countdown for Landmark II" não se resumisse a dez páginas. Te agradeço pelo incentivo que, tão singelo, tão pontual, mas tão poderoso, sobreviveu em mim por todos esses anos.

Sumário

Neste momento, eu estou diante da oportunidade em que o caráter de um homem é posto à prova. É tão fácil, tão tentador o gosto de uma crença pré-estabelecida. Somos bons meninos, somos o orgulho de nossos pais, e nossa integridade atesta a máxima ilusória: somos melhores do que eles foram. Mas, como medir o correto? Qual é o verdadeiro peso da nossa geração perfeita, da honestidade, da lealdade? E até que ponto estamos dispostos a oferecer a pílula vermelha, cientes de que a verdade dói e a ignorância é uma benção?

Enquanto o elevador me trazia para o vigésimo oitavo andar, eu mantive meus olhos fechados. Meus tímpanos vibravam a numeração fantasma que, por um momento, eu interpretei como som de meus pensamentos. Um mero receptor aguardando por um sinal. E o que eu recebo com o abrir das portas é o sarcasmo de Jean Richard: '*God is not a god*'. Houve um momento em que a arte tipográfica jorrava de salões e bienais, no estupor de consumo milionário. Hoje, é apenas um lembrete de que eu gastei três mil dólares canadenses no pôster de um e noventa por setenta para decorar minha antessala e impactar as visitas. Apenas um lembrete de como somos impossíveis e fúteis, e talvez isso não indique melhora alguma dos valores idiossincráticos.

Eu me aproximo da janela na companhia de tantos arranha-céus, e o céu, opaco de tantos arranhões, vai ao chão sem estrelas.

E por mais exausto que eu me sinta, não penso em dormir agora. Eu me esparramo no sofá de couro negro e busco por um bom motivo, ou qualquer motivo, que justifique o que estou fazendo.

"Paul, fala a verdade, ela é sua amante?"

Com essa interrogativa eu decreto meu dilema.

Quantos já enfrentaram em segredo, sem publicar as palavras e resultados de suas decisões? Que bom seria apenas seguir um organograma compilado por mestres da antiguidade, escolásticos das interações sociais, os legisladores da ética e da moral. Eu apenas não quero comprometer uma união de oito anos em troca de uma consciência leve. Tampouco compactuar com uma mentira, prolongando um fim que me parece tão certo. Que pessoalmente, não acho que Malory e Paul cheguem aos dez anos desse jeito. Não que eu torça para isso, de forma alguma; na verdade, dói o meu peito pensar nessa separação. Até mesmo porque pode acabar culminando num cenário homólogo ao da Tina, naqueles anos distantes do ensino médio, em outras terras, outros tempos.

Ali, os meninos não brincavam com as meninas, e as meninas sequer falavam com os meninos. Havia uma rivalidade fomentada por uma afinidade natural. Os meninos falam o mesmo idioma, ganham brinquedos do mesmo fabricante, trocam opiniões sobre os mesmos desenhos, dividem fantasias eróticas, histórias de super-vilões, colecionam as mesmas figurinhas e sabem como mijar numa árvore sem molhar as canelas. E era absolutamente repugnante a interação com todos aqueles constituintes femininos.

O recreio, até a segunda série, era sempre após a terceira atividade do dia. Dessa forma, quem terminasse, já poderia sair para o pátio. E os primeiros a sair tinham o privilégio de dominar o castelinho, que era, sem a menor discussão, o preferido de todo mundo, o brinquedo mais cobiçado de todos os parquinhos de todas as escolas.

O castelo era uma estrutura de madeira com escada de cordas trançadas, quatro torres conectadas com pontes suspensas e com um aglomerado de escorregadores desembocando no interior da estrutura principal. Havia cordas para balançar de uma diagonal a outra, balanços pendendo das pontes e até mesmo um fosso escavado no perímetro. E ali, um pequeno grupo decidiu reinar eternamente.

Não era eu o soberano desse absolutismo, mas podia me gabar de ser o braço direito do rei. Todavia, tal posto, sendo o rei canhoto, me cravava como o terceiro no comando.

Nossa minicorte ainda contava com um duque, um bispo, um cavalo, um valete, um guarda e um bobo: títulos retirados de cartas de baralho, peças de xadrez ou qualquer desenho ou livro que enriquecesse a nossa ingênua noção medieval. E bastou uma pequena turma de amigos determinados e intimidadores para reclamar o castelo durante todo período do recreio e além. Enquanto nossa bandeira - um pedaço de fita verde - estivesse pendurada da janela da torre central, aquele brinquedo era exclusivamente nosso. E nenhuma criança, nunca, em hipótese alguma, pensou em questionar.

Em poucas ocasiões, um ou outro vinha humildemente pedir permissão para brincar ali. E o reizinho, quando engajado em outras imaginações, garbosamente dava passagem aos plebeus.

Mas eu não. Como na vez em que duas garotas vieram como porta-vozes negociar o uso de nossos vazios aposentos. Estávamos eu e nosso bispo catando folhas numa outra aventura. Ao ser abordado, meu companheiro ficou em dúvida, com a constatação do castelo desocupado. Eu, prontamente, selei: "Está vendo aquela fita verde lá no alto? Enquanto estiver ali é porque a gente tá usando."

Para nós, foram meses e meses de soberania. No tempo dos adultos, não deve ter sido mais que três dias. A revolução nos pegou de surpresa.

Começou com um grupinho rebelde entrando no castelo como se fosse deles. Quando os expulsamos com nossos gritos, eles se retiraram gargalhando. Sentindo a eletricidade no ar que sempre acompanha dias históricos, eu subi em uma das torres para observar os dissidentes. Lá em cima, um plebeu acabava de escalar o escorregador. Assim que me viu, fez o caminho inverso, deslizando para longe de meus protestos. E eu consegui ouvir meus companheiros gritando abaixo dos meus pés "Sai! Sai fora!" "Ei! Sai daqui!" "Me ajuda aqui, entrou mais um." Da torre, eu olhava aquele lado externo, vendo outros garotos e garotas correndo para dentro e para fora, trazendo palavras de provocação e levando reprimendas histéricas.

"Se eles querem tanto entrar, vamos levar todo mundo para prisão." E para segurar os presos, postamos nosso guarda sobre o vão da porta. "Mais um." "Peguei outro." "Carne fresca." "Prendi essa daqui, ó." Logo ficou difícil para o nosso guarda evitar as fugas. Quando eu lhe trouxe mais um prisioneiro, ele rogou por minha ajuda. "É um contra seis, não dá mais!"

Fiquei ali, diante da porta, desconfiado de toda aquela passividade dos cativos. Nosso valete chegou, trazendo uma garota. Ele estava molhado de suor, a camisa colada ao peito, brilhando com o Sol suave de inverno. Mas não era suor, pois, indignado, ele reclamou: "estão jogando balões." E os prisioneiros comemoraram.

Da porta da prisão a gente via a nossa querida realeza, bravos guerreiros, perseguidores e perseguidos. E então, a onda de terror respinga em nós dois: um invasor põe nosso cavalo em fuga e muda de alvo, jogando seu balão contra a minha cabeça. Mas ele mira alto demais, e eu mal preciso me abaixar para evitar o choque. O projétil explode atrás de mim, no meio de prisioneiros que gritam com o fogo amigo.

"Pega ele!" eu ordeno para o guarda ao meu lado. E o inimigo, agora desarmado, é mero sujeito de captura.

E antes que a gente perceba, ali brincavam garotos e garotas, e talvez fosse essa a verdadeira revolução no parquinho. Balões infláveis na torneira do jardim de infância. Bombas que derramam água, e apenas água. Sozinho, eu vejo a prisão se esvaziar através de mim.

E até consego agarrar um deles pelo braço, apenas brevemente, até sentir o impacto gelado se espalhar pelas minhas costas. Um outro balão explode nos meus pés. Eu vejo o nosso bispo ao longe, observando derrotado. Eu vejo um duque acuado no alto de uma torre. Eu vejo um rei levantando as mãos ensopadas, num gesto de rendição.

No final do dia, os dois lados saíram derrotados: a professora não gostou nem um pouco do resultado, todas aquelas crianças com frio, todas aquelas roupas absurdamente molhadas, como se afogadas num abismo subaquático, toda aquela euforia difícil de amainar. A turma inteira ficou sem recreio por dois dias. “Eu quero saber de quem foi a ideia.”

Quando todo mundo contava com vários minutos mudos, uma das meninas se levantou para se acusar. “Vem comigo.” A porta da sala aberta para a pequena Joana D’Arc.

Ela se acusou. E passou por mim enfeitada com um inesquecível sorriso estranho. Um sorriso diabólico, banguela, de incisivos tortos, um olhar de escárnio e uma fita verde enrolada nos dedos.

Dois dias. Um castelo vazio. Quando voltamos, aquilo já tinha perdido a graça, ninguém mais buscava o monopólio da estrutura esquelética. E os meninos e meninas continuavam sem brincar juntos, não importando os esforços da professora em nos unir. Que nesses dois dias sem recreio, ela fazia jogos e brincadeiras dentro da sala, com times mistos, na esperança de estreitar laços que nem mesmo existiam. Assim, qualquer vitória era ressaltada entre os semelhantes e toda derrota culpava os diferentes. “A gente só perdeu por causa das meninas...”

No parquinho, a gente se evitava. Um toque feminino tinha o poder de contaminar meninos, e um menino contaminado podia se livrar do fardo ao tocar um terceiro. Aquelas desavenças se intimidavam na presença de professores e, aos poucos, até aquilo foi perdendo a graça. As garotas, naturalmente mais maduras, não se aproximavam simplesmente por nos acharem bobos demais. No ano posterior, era apenas uma indiferença, uma falta de afinidade, era o que nos separava.

Exceto a Tina. Com ela era outra coisa. Já nos meus sete ou oito anos de idade, eu costumava frequentar as pistas de skate próximas à orla. Eu e mais quatro amigos da escola. Havia uma garota que andava com os mais velhos, o pessoal de doze, treze anos, e por isso a gente assumiu que essa era também a idade dela. E como espectador, eu a admirava por sua ousadia, como ela não tinha medo de descer nos terrenos mais avançados. Se ela pagava o preço com fraturas ósseas? Pode apostar que sim.

Naquele dia, o skate dela deve ter voado uns quinze metros para o alto. Os mais velhos imediatamente prestaram socorro, se reunindo ao redor dela antes mesmo do skate voltar ao chão. Um dos meus fazia uma careta azeda. "... acho que ela bateu a cabeça..."

Ela se levantou com o apoio dos seus, levando a mão ao ombro esquerdo. Ela não batera a cabeça. E assim aprendemos a importância de um capacete.

No dia seguinte ela não apareceu. Nem no próximo. Mas os amigos dela estavam lá. Eu e meus quatro amigos frequentes tentávamos um *slide* no corrimão mais longo do parque e percebemos os mais velhos se aproximando. "Presta atenção em como eu desço", disse um deles antes de demonstrar. E a gente ficou se achando o máximo por andar com os mais velhos, mesmo que só por aquela tarde. Enquanto revezávamos o corrimão, queda após queda, outro puxou assunto: "Vocês também estudam no 'Borda' Lira?"

Border Lira. Sim, todos nós estudávamos lá, foi onde nos alfabetizamos e onde conheci dois dos meus quatro amigos. Ele continuou: "A Tina vai começar lá ano que vem. Eu acho. Não é, Casulo? Sua prima vai para o Border?" Ele vinha subindo as escadas, o rosto corado pela energia gasta, cachos saltando por baixo do capacete. O skate dele tinha um fundo vermelho.

"E como ela tá? A gente viu o *djala* que ela levou no outro dia."

"É... Se ela não estivesse de capacete..."

"Ela tá ruim. Quebrou a clavícula. Sabe? Esse ossinho aqui."

"Tá ruim?" Eu me preocupei. É inusitado perceber quando você se preocupa com quem não conhece...

"Quer dizer, ela está bem. Mas você sabe, bem mesmo ela estaria se não tivesse quebrado nada."

Bem mesmo ela estaria se não tivesse que passar as férias engessada...

Depois daquele dia, sempre que íamos às pistas e os amigos de Tina - ou amigos do primo dela - estavam lá, a gente se cumprimentava de longe e às vezes até manobrava juntos. Acho que é certo dizer que metade das coisas que aprendi naquele verão foi com os mais velhos, e por eles a gente escutava Histórias Que Envolviam Tina.

"Ela tinha gostado tanto daquela areia que brilhava no escuro, que colocou um pouco no bolso e levou para casa. A noite dava para ver no corredor todo, uma trilha de areia mágica."

"... Pior é a Tina, que quando fica com raiva da mãe corta as unhas em cima da cama dela."

"Eles chamaram os pais dela para conversar porque ela tava com a mania de assustar os coleguinhas! Sério, ela ficava atrás da porta do banheiro, debaixo da mesa... O professor! Ela assustou o professor por baixo da mesa dele."

E quando a Tina apareceu na pista, ainda com uma tipoia, era como estar diante de uma celebridade. Ela veio no fim da tarde, quando o céu já alaranjava, só para encontrar o pessoal.

"A gente vai comer uma pizza no píer. Querem ir?" Mas ainda não tínhamos autonomia para ir de um lugar ao outro sem que os nossos pais soubessem. Eu mesmo prometi voltar às 18h30, no máximo. Um minuto de atraso e acho que eles já imaginariam o pior. "Você quer matar a gente de preocupação?" Ficar órfão aos oito anos não fazia parte dos meus planos em nenhuma aventura imaginária *a la* Charles Dickens.

"Fica pra uma próxima."

Aquela foi a única vez que nos encontramos com ela antes do ano letivo começar. Contudo, não foi assim tão breve, não foi apenas um convite e uma recusa. De fato, conversamos o suficiente para deixar uma boa impressão. A celebridade era humana. As histórias eram apenas histórias, criando um personagem, mas Tina não era um personagem. Sem uma história para narrá-la, ela era apenas uma pessoa.

Falar da sua fratura foi inevitável. Futuramente, eu mesmo comprovaria o interesse dos outros por ferimentos evidentes, como se pudéssemos tirar uma lição daquilo, evitar o mesmo erro fatal, aprender com os erros dos outros e interiorizar ordens de segurança como não andar sem capacete ou não correr em volta da piscina.

Além da fratura, falamos daquilo de mais óbvio que nos une: o skate. Também a pista, como a pista poderia melhorar e ter tal e tal coisa que vimos em tal e tal lugar, e ela nos mostrou o skate de dedo dela, consolo para seu período de molho. "Cara, eu mal posso esperar melhorar para mostrar para vocês meu projeto de rampa. Meu pai tá me ajudando a construir e vai ser meu primeiro salto quando eu voltar à ativa."

E aí sim veio o convite para a pizza e o hoje não, obrigado.

"E a sua prima? Sumiu..." Vários dias depois um dos meus indagou.

"Ela disse que era tortura vir pra pista sem poder andar. Disse que ia acabar fazendo merda." responderam.

Só ia figurar na minha vida de novo na escola, embora ela não tenha sido da mesma sala que a gente logo de cara. Fato é que os pilares da minha convicção de que garotas eram seres de um planeta estrangeiro - que sequer falam uma mesma língua e, em alguns casos, nem mesmo possuem mãos para gesticular tentativas de comunicação - essa crença fora abalada. Talvez, afinal, entre tantas, uma fosse legal.

Porém, de forma alguma tornei uma prioridade a concretização de uma possível amizade com Tina. Se fosse para acontecer, que acontecesse, sem conflitar com meu jovem orgulho e teimosia.

Na primeira semana de aula, na quarta série, uma lenda urbana surgiu. A gente ouvia da quinta série o termo 'Papa-Reflexo'. Numa rodinha do recreio, a história chegou à quarta série. Eu estava entre os eliminados de uma partida de girabola e aguardava a definição. O time adversário parecia ter a partida nas mãos, então seus eliminados estavam mais dispersos do jogo, numa reunião animada.

"Se ele aceitar seu reflexo, os seus anos que te restam dobram. Se ele não aceitar, cai pra metade. Foi um ex-colega do meu primo que tentou. Ele disse que tem que ser num espelho redondo. Você apaga as luzes, segura a vela acesa e repete três vezes "ofereço minha imagem". O Papa-Reflexo vai aparecer atrás de você, no espelho, mas você não pode se virar..."

"... Ou ele te mata, na hora." - alguém propôs. "Ele some" - outro corrigiu. "Nem uma coisa, nem outra. Você fica cego, foi o que ouvi." - uma terceira voz acrescentou. Ali, Tina não quis cravar uma resposta. É onde as lendas precisam manter o mistério, espalhar seus tentáculos por todas as direções. Ou de fato ela não sabia.

"Eu não sei o que acontece, mas não pode virar, não pode mexer. Se ele aceitar seu reflexo ele vai vir até você, quer dizer, até seu reflexo... E aí..."

Uma duplicata pelo dobro de vida. Aquilo deixava todo mundo coberto de doses iguais de medo e empolgação. Perguntei o que acontecia com o reflexo, se desaparecia. Isso seria uma prova incontestável da veracidade do mito.

"Em espelhos redondos não aparece nada. Nos outros espelhos aparece seu reflexo... Mas é diferente. Como se não fosse seu, como se não fosse você. Um sósia, um *doppelganger*, encarando você do lado de lá, julgando sua transação."

Muitos se animaram, duvidaram, quiseram pôr a história à prova, investigar mais a fundo, multiplicar os tentáculos. Eles se lamentavam não haver espelho redondo na escola para fazer ali mesmo, com todo mundo. Nossa narradora fez coro. Disse que na antiga escola dela, do Jardim de Infância, tinha um grande espelho redondo no banheiro...

Espere um pouco. Na minha antiga escola tinha um grande espelho redondo no banheiro. Com uma mancha que parecia uma girafa bebendo água! Tina confirmou. "Você também era da Encantar, Tina?"

"Era sim! E me lembro de você, e de você, e dele. Os donos do castelinho."

Num lampejo de reconhecimento eu vi a pequena Joana D'Arc, a fita verde entre seus dedos. Deixados aqueles anos para trás, minha aversão por tal inimiga não dava sinais de regresso. Na verdade, é até irônico como essa descoberta aumentou minha simpatia por Tina.

Voltando do recreio, Tina nos acompanhou escadas acima. "Ela é da mesma turma que a gente!" - eu me surpreendi em pensamento e me alegrei com o fato. Pois até então, eu mal percebia as minhas colegas, a composição dos grupos femininos. Talvez ela fosse uma de nós, talvez sempre foi. E com ela ao lado deste aposentado braço direito de um rei canhoto, seu fiel bispo, o mais honrado duque de outrora, a revolução enfim se consolidava, sete anos depois. Pois foi naquele momento que eu percebi que garotas podem ser legais, pelo menos algumas.

Bispo - foi Tina quem fez o apelido pegar - continuava cético. "A Tina não conta, ela tem alma de menino." Porque a Tina arrotava, andava de skate, falava de *Invasion America* e tinha um Nintendo. Ela aprontava com a gente e era implacável, pois mesmo na detenção continuava a aprontar. Como por exemplo, esse caso do Papa-Reflexo. O Casulo, primo da Tina, àquela altura concluíra o ensino médio e tinha como passatempo montar dispositivos com pilhas, fios de cobre, bobinas e dínamos. Ele montou para ela um 'quebra-espelho'. Já dá para prever que tipo de peça ela pregou nos metidos a investigadores paranormais.

A lenda do Papa-Reflexo infectou sala por sala, chegando até aos mais novos e preocupando os coordenadores da Border Lira. "É legal vocês disseminarem uma tradição oral, contar histórias é saudável. Mas vamos tomar cuidado com o terror das histórias, não precisa espalhar como se fosse real. A turma da Juca nem quer mais lavar as mãos na sala de artes, de tão assustados."

"De bobeira deles. O ritual só funciona em espelhos redondos..."

Mas esse era o ponto: a sala de arte dos pequenos tinha um espelho redondo. Bem acima da pia de lavar pincéis. Todos ficaram animados com aquela nova informação. Ainda mais eu, quando percebi, ao folhear minha agenda, que naquele mês de fevereiro, o dia treze cairia numa sexta.

E então a notícia chegou até Tina: os meninos, cerca de uns quatro ou cinco, estavam planejando invadir a sala de aula na semana seguinte, na tal data sinistra. Eram os pioneiros de uma ideia que se espalhou rapidamente por bilhetinhos, no tempo de duas aulas. E logo a empreitada se tornou um evento, com lista de presença, horário e traje - se pudermos considerar as velas como acessórios. Aquilo por si só já era empolgante o suficiente para aumentar nossa expectativa para o fim de semana. Porém, Tina subverteu aquela trama num trote genial e inesquecível.

"Eu estou é fazendo um favor pra eles. Imagina, passar por todo o trabalho de fazer o ritual para na hora não acontecer nada?" Hoje eu analiso sua fala e vejo que ela já tinha uma essência escritora, ela era autora de histórias reais, ela criava narrativas na vida, acontecimentos que todos nós levaremos no repertório de causos.

Na sexta-feira treze, agimos durante o recreio. A porta da sala de artes estava trancada. Eu fiquei de guarda ali, enquanto Tina e Dook - que também adotou seu antigo ducado sob uma grafia repaginada - entravam pela janela.

O dia letivo se encerrava às dezoito horas em ponto. As luzes das quadras empalideciam o futebol dos mais velhos e acumulavam mariposas. Por todo o pátio e pelas escadarias se via meninos e meninas de dez a dezoito anos. Os mais novos olhavam da porta, esperando os pais aparecerem. Alguns tomavam os parquinhos em brincadeiras, sossegados. Os professores, solitários, miravam o estacionamento subterrâneo. Em frente à sala de artes eu contei doze.

O método do ritual era discutido, uns defendiam que fosse cada hora um, uns cravaram que deveria ser todos juntos. Antes que a discussão se acalorasse e as vozes alteradas atraíssem um adulto, duas colegas nossas chegaram com a chave da sala.

"Sério? Deu certo?" O pessoal se empolgou com o andamento da missão.

"É, eu falei para ele que a gente tinha deixado o estojo de lápis de cor lá dentro, e ele me entregou a chave, sem mais perguntas"

"Corre lá, ele disse, eu ainda tenho uma reunião na sala dos professores. Falou para deixar a chave na porta, na fechadura do lado de dentro, que depois ele pega." a outra narrou animada e ofegante.

Tina tomou a iniciativa de entrar primeiro, no meio de crianças hesitantes e diante da escuridão da porta semiaberta.

A sala estava completamente inerte, sem nem ao menos os movimentos mecânicos de um relógio. As vozes de crianças silenciadas há tempos. Alguém acendeu as luzes ao entrar, gerando reclamações, que alguns de nós achamos que haviam nos descoberto prematuramente. Acredito que ninguém tinha uma desculpa preparada, um motivo incontestável para reunir treze crianças ali.

E então, o espelho. Estava ali, acima da pia, tão largo quanto um braço, escorregadio, uma superfície congelada, encarando nossas almas. Senti um breve calafrio, como se eu acreditasse mesmo na existência de um Papa-Reflexo. Enquanto todos se reuniam em frente ao espelho - com ares de uma janela para o submundo - os pormenores eram decididos. Seis de nós trouxemos velas, acesas uma por uma. Íamos fazer todos juntos. "Apaga a luz, vamos começar." Um grito, e fez-se à escuridão atrás de nós. À frente, o espelho duplicava nossas chamas.

Eu, postado próximo ao espelho desde que entrei na sala, discretamente, encontrei o interruptor do dispositivo escondido. Fingi limpar as marcas de dedo próximas à moldura. E quando a luz se apagou, virei o interruptor. O temporizador começou a contagem de trinta segundos. Sincronizamos nossas gargantas na tríade verbal 'ofereço minha imagem.'

Então, nada aconteceu. Todos os olhares atentos às sombras atrás de nós. "Viu? Eu falei que tinha que ser cada hora um." E antes que alguém retrucasse, o temporizador atingiu a meta e acionou o pistão. Um estalo. O espelho trincou-se em múltiplas sessões.

Sem nem pensar no que faziam, as pernas obedeceram ao comando involuntário da tensão que vinha crescendo. Envolvidos em gritos de terror, meninas e meninos dispararam para fora da sala.

Depois daquele episódio, não mais se falou na lenda urbana do Instituto Border Lira, pelo menos não ali.

Quando a história se espalhou, ninguém ousou contestar ou arriscar uma contraprova, que o sábado quatorze e o domingo quinze apagaram as suspeitas que surgiram na sexta treze.

Assim era ela, intrépida. Se naquela pegadinha acumulamos sete anos de azar, foram os sete anos que passaríamos juntos. E aquilo nos uniu ainda mais, logo de cara, como um pacto. Parece que a ameaça de azar fez com que focássemos em sermos sortudos, mesmo que de brincadeira. E aqui, dezenas de anos depois, arrisco o clichê de que a sorte foi ter... Não, vamos poupar as frases feitas... Ainda não cheguei nesse nível de emotividade, mesmo depois da noite de hoje. Mas eu penso novamente na pergunta que me foi feita naquele ônibus a caminho do observatório.

Na sexta série, definitivamente, toda aquela repulsa pelo sexo oposto já havia passado de curiosidade para atração. Mas Tina continuava sendo uma de nós; por alguma razão, nós cinco não considerávamos um outro tipo de relacionamento com ela, por mais legal e cativante que ela fosse. Só mesmo no ensino médio que meu inconsciente me deu uma dica de que Tina era também bonita. Aliás, ela era linda. Mas aquele momento não era o ensino médio, era sexta série. E Tina era tão uma de nós, que falávamos de garotas na presença dela e ela até dava conselhos ou empurrõezinhos para unir casais. O Bispo, por exemplo, era louco por uma novata, a Cris. E foi nossa querida Tina que deu uma força para os dois ficarem juntos. "Quer que eu dê uma dica para ela? Tipo, Cris, acho que Bispo gosta de você, vocês combinam e tal..."

No entanto, o inverso nunca aconteceu. Ela nunca mencionou nenhum garoto. Ela andava de skate com a gente e não levava a sério o interesse que despertava nos meninos da nossa cidade. Acho que eles se animavam porque ela já tinha peitos e por isso começou a usar roupas largas. E um em especial abordou o Marcel perto do bebedouro e o fez gargalhar com algo que disse. Eles conversaram por alguns minutos, depois se cumprimentaram e seguiram. Quando perguntamos o que ele queria, Marcel continuou com um sorriso irônico: "Ah, ele? Queria saber se a Tina é sua namorada."

"Minha?" eu fiquei legitimamente surpreso com a ideia.

"É, ele perguntou por que ela não apareceu essa semana, se vocês tinham brigado. Ele achou mesmo que vocês estavam juntos." Isso soou como se tivessem dito que pudéssemos voar, ou que eu e o Dook éramos gêmeos, ou que um cachorro ganhou o campeonato mundial. Eu e Tina, configurados como um casal, era um absurdo cômico, mas que teve a capacidade de influenciar a minha alma de alguma forma.

E foi motivo de implicância por um bom tempo. Marcel nem ligou para o pedido do Don Juan. A gente não queria que algum namorado tirasse nossa amiga do grupo, a turma de azarados. E meus amigos diziam que eu, principalmente, mais do que todos, preferia Tina solteira. Eu e ela entramos na brincadeira por um tempo e tratávamos um ao outro por apelidos bobos, como 'doçura' ou 'coração'. Não demorou para se estender para todos os outros e logo era a sala toda que me chamava de 'benzinho'.

No entanto, eu e Tina nunca tivemos nada, eu nem mesmo cogitava a ideia. Tina, nas suas roupas largas, seu jeito despojado, atrapalhado... Na verdade, era difícil de imaginar aquela garota aos beijos com alguém, de mãos dadas assistindo a um filme, abraçada, dividindo uma cadeira, acompanhada numa festa, cochilando nos braços de alguém que a desejasse. Mais uma vez eu ressalto os motivos: nada a ver com beleza ou simpatia. Era mais uma questão de personalidade, ela parecia "completa" demais, não combinava com uma alma gêmea. Ela trazia em si mesma sua própria cara metade. É difícil explicar.

Tanto que pareceu piada quando ela estava aérea, animada, meio sumida. "Esse fim de semana não posso." "Sexta estou livre até às dezenove horas, só." "Amanhã não dá para mim." "Já vi esse filme, na estreia..." Com quem, Tina? Que companhia poderia ser melhor do que seus cinco melhores amigos? Assumi que era com o primo dela e os amigos do primo dela, então, nunca, assim como os outros, tentei entrar em detalhes.

Mas ela estava tão aérea, tão animada, tão distraída, até gentil e menos implicante... "Benzinho, ela gosta de você." Só se for como irmão. Aquilo me deixou com uma pulga atrás da orelha e um pouco preocupado. Que a gente não via a Tina andando com outros meninos que não a gente, e eu era de fato mais próximo dela que os outros quatro. A gente saía pela mesma portaria, e assim, conversava mais. Às vezes, ela me oferecia carona, então, até a mãe dela me conhecia mais do que os outros quatro, e talvez até incentivasse "Por que você não namora com ele, Tina?"

"O Benzinho, mãe? O Benzinho é como se fosse meu irmão." Eu me tranquilizava, criando a resposta na minha mente. Mas, e se não fosse essa resposta? E se ela, na verdade, se lamentava: "Porque ele não quer nada comigo, mãe."

Não... Ela estava aérea, animada, distraída e plena, mais ao modo dos correspondidos do que dos rejeitados. E eu, abertamente, estava interessado em três garotas: nenhuma delas era Tina.

"...Olha lá..."

"O quê?"

Ela apontava uma nuvem brilhante de tão branca.

"Parece um coração." - a Tina via coração em toda forma abstrata.

"Ela está apaixonada, Benzinho."

E ela, ainda mirando o céu de primavera, suspirava "É, talvez eu esteja."

Enfim, a garota mais legal só podia mesmo namorar o cara mais legal. E quando eu digo que essa situação de agora é mais ou menos como essa da Tina, é girando em torno do namorado dela que se dá a analogia.

A gente ouvia sobre ele pelas meninas ou pelo Casulo na pista de skate. Que tinha ido na casa dele e fez o melhor guacamole do mundo. Ele era irmão de um amigo, e foi assim que Tina o conheceu. E ele ensinou a receita e deu uma aula de história da culinária mexicana. Se as coisas que ele falou eram verdade ou não, tanto faz. Mas tinha sido hilário.

Também falavam daquelas festas que eu não pude ir, que ele ficou até o fim para ajudar a arrumar. E a imitação incrível que ele fazia de Michael Jackson, David Attenborough, e até de Jodie Foster. “Não, o melhor de todos é o Patolino, você tem que ver! Parece que ele é o dublador, de tão bom.” Além das músicas alternativas que ele pôs e levantou a galera toda.

A Tina, por outro lado, não era Lean-pra-cá-Lean-pra-lá. Ela pouco se gabava dele. Talvez por isso não ficamos tão enciumados. Continuava meio sumida nos fins-de-semana, mas sua atenção era toda nossa nas discussões do colégio, no recreio, nas aulas de educação física e nas pistas de skate

Um certo dia de prova, depois que o tempo se esgotou e me forcei a responder às duas questões que me seguravam, encontrei Gil e Bispo na portaria, sentados sobre a mureta do canteiro e papeando com um cara alto, calçando um Converse vermelho. “Caralho, agarrei na quarta e na décima! O que foi aquilo?” cheguei reclamando. O Sol já tinha se posto, as luzes se acendendo no pátio. Os dois conferiram as respostas comigo, e foi quando me deparei com um equívoco cruel: eu tinha acertado a resposta, mas na pressa de preencher o gabarito, inverti as letras. “284, letra D!”

“284 era opção C. Dificilmente o professor vai aceitar... sinto muito, Benzinho...” E então, Leandro, o cara do Converse vermelho que eu nunca vira, mas erroneamente assumia como um aluno do primeiro ano que estava ali pelo treino de futsal, sugeriu com naturalidade: "Volta lá e mude." Impossível... Apenas outra palavra para inédito, ele provocou. "Duvida?"

Ele parecia saber de algo que eu não sabia, então paguei para ver. Ele passou com confiança pela portaria, como se conhecesse o lugar. Então foi uma surpresa quando ele perguntou onde era a sala dos professores. Mostrei o caminho. Bispo e Gil davam risadinhas de nervosismo e empolgação. Por fora, o prédio estava todo apagado e eu pensei que iríamos testemunhar uma missão subserviente, elaborada com o atrevimento de ladrões de Hollywood. Portanto, ao se acercar da sala dos professores e perceber não só as luzes acesas, como um movimento de alguém do outro lado das grandes janelas de vidro, tomei a ação como prostrada. Sim, *All Star* vermelho, eu duvido. E impossível é apenas outra palavra para ilusório.

Estava ali um professor que eu só conhecia de vista, lecionava geografia, se não me engano. E ao invés de dar meia volta, Leandro continuou, abordando o professor como se fosse um colega. Eu não me senti confiante para me aproximar, fiquei fora da sala, assistindo tudo por aquelas largas janelas transformadas numa vitrine em exibição, o cara mais legal que alguém poderia conhecer, exercitando ao vivo sua arte natural de fazer amigos e influenciar pessoas. Havia um sorriso no rosto do professor. Ele assentiu e apontou para um canto invisível dali. Em seguida, foi Leandro que se virou para nós e ergueu o braço num gesto que me chamava.

"Foi por pouco, hein? Eu já estava para trancar a sala..." O professor comentou, enquanto organizava sua pasta. A minha postura se transformou de intimidado para seguro, porque eu entrava com o rabo entre as pernas, envergonhado e humilde, mas saía imponente, vitorioso e de cabeça erguida.

Longe de ter mudado a minha resposta como um fora-da--lei, corrigindo meu erro por vias duvidosas, nós o fizemos de cara limpa, coração aberto. Talvez exista bondade e compaixão; talvez seja possível que, em cada e todo ser humano, a empatia se aflora numa gentileza. Eu quis abraçar aquele professor. Ou aquele cara do *All Star* vermelho. Somos todos irmãos, somos um só, filhos de uma mesma nebulosa, com os mesmos medos, receios, desejos e um objetivo tão abstrato de ser feliz. Todos só querem ser amados, ninguém quer verdadeiramente prejudicar e causar dor. Existe um êxtase embelezador que premia aquele que faz o bem, uma brisa serotonínica que nos aproxima de um estado de plenitude e amor.

E sentimos que é possível amar alguém como nós, assim tão gentil. E todos só querem ser amados, que a falta de amor nos torna amargos.

Aquele professor teve seu coração sensibilizado pelas palavras de Leandro e resolveu fazer o justo, mesmo que fosse errado. Ou o certo, mesmo que fosse injusto. Encontrei minha prova dentro de um envelope pardo com o código da minha turma e devolvi o equilíbrio ao universo com um par de movimentos de uma caneta.

"Como você conseguiu?" perguntei para Leandro quando voltamos ao pátio, eufóricos.

"Eu conversei com ele e expliquei a situação. A verdade. Só." Que cara legal, eu pensei comigo mesmo. E ao se despedirem dele, meus amigos o trataram pelo apelido: Lean.

"Espera, é ele o namorado da Tina? Se eu soubesse antes, teria pedido para ouvir o Patolino dele." lamentei animado.

Eu tive outras oportunidades. Muitas outras. O cara era absolutamente hilário, ele era sempre convidado para as festas da turma. Lembro de ele ter ido em pelo menos cinco. Onde Tina estivesse, Lean estaria. Suas piadas sagazes eram pontuadas com a precisão de um *sitcom*, como se tivesse um repertório para cada assunto conversado. E não somente as piadas, ele temperava o papo com curiosidades de uma riqueza enciclopédica - mesmo que fossem inventadas, certamente continuavam interessantes.

A primeira festa em que o vi foi na 'pré-férias', a celebração que organizamos no último domingo antes das férias de julho. Ali eu tive a oportunidade de agradecer mais uma vez por ele ter me salvado da recuperação. Porém, essa era uma história que eu me privava de compartilhar, por cortesia ao professor de geografia que tão bondosamente acolheu minha angústia. Eu não queria correr o risco daquilo se tornar uma tendência entre os mal-intencionados, pois todo altruísmo parece atrair malandragem.

"E o Lean? Por que não veio?" um de nós questionou um dia, na pista de skate. Leandro não andava de skate, a resposta era óbvia. Mas ele não precisava andar, podia só ficar ali, marcando presença, fazendo companhia. Porque onde a Tina estivesse, o Lean tinha que estar. Eles não eram um casalzinho enjoado e meloso, com apelidinhos fofos, carícias e mãos dadas. O relacionamento não distorceu o conceito de Tina, ela continuava a nossa querida Joana D'Arc, e por isso Lean era sempre bem-vindo. Ele, por outro lado, não tinha ciúme ou possessividade, ela era livre para se aproximar de mim, me tocar, sentar ao meu lado e não ao lado dele, me abraçar e comemorar uma manobra bem feita. Dook brincava, dizendo que Lean já era um dos nossos, um dos Azarados. "Ele pegou o azar da Tina pela saliva."

"É sexualmente transmissível!" alguém relembrou nossas aulas de educação sexual, e, naquele momento, lembro de ter ficado abalado com a ideia dos dois transando. Não acho que tenha sido ciúme, não mesmo. Acho que até então eu não tinha entendido o porquê daquele tópico em sala de aula. Eu ainda achava que éramos novos demais para ter relações, na sétima série eu começava a descobrir o prazer de uma ereção em uma atividade solitária. Limpa, prática, pronta, versátil, mas solitária.

"É claro que eles transam, Benzinho. Você acha que namorados fazem o quê?" Ali sim, talvez eu tenha ficado com ciúme. Pude comprovar da vez seguinte em que fomos para pista e ela chegou com ele e eu fechei a cara e fiquei meio irritado. Eu jogava a culpa no *casper flip* que eu não estava conseguindo encaixar.

Mas Lean era tão legal que já chegou me dando um conselho valioso: eu estava tentando demais. "Vai dar uma volta, faz manobras que você já sabe, coisas mais simples... Depois, tenta mais algumas vezes e depois desliga disso de novo." Não que eu tenha conseguido por causa disso, mas a minha frustração se dissolveu em diversão.

Naquele dia, Leandro também fez uma observação pertinente, que fabricou nosso projeto de férias. A pista já precisava de reforma na época em que conhecemos a Tina. Agora, cinco anos depois, o concreto esfarelava, as fendas eram tomadas por gerações intermináveis de matinhos, restos de chuvas coloriam de lodo o fundo das rampas. Algumas estavam já aposentadas, com trincas tão largas quanto um polegar. E o corrimão em que aprendi meu primeiro *slide* estava bambo, soltando-se do buraco folgado que deveria firmá-lo ao chão. As bordas desgastadas por centenas de milhares de rodinhas no decorrer dos anos, arranhando a superfície com policromia cinética, marcas de superação e tombos. Era bonito de se ver, era uma pista com história, personalidade, cicatrizes. A tela se dobrava, enferrujada.

"Esse lugar está meio esquecido, não é?" O pavilhão havia se tornado uma comunidade de pombos, os degraus brancos de guano, o assovio ritmado das asas logo acima de nós, entre as vigas, e um arrulhar em resposta aos nossos ecos. A gente se sentava ali embaixo e ouvia música, se fartando de *Gatorade* e asseando escoriações. Raízes irrompiam do piso.

Andávamos tão acostumados com aquele descaso, que foi preciso alguém de fora para nos apontar o limite entre romantismo e vira-latria.

"Um tempão atrás a gente até redesenhou a pista e fez todo um projeto de melhoria."

Na mesma hora, Lean começou a encorajar, ou melhor, começou a insistir para retomarmos o projeto e o levássemos ainda mais longe, apresentando talvez à prefeitura. Mas ninguém estava empolgado o suficiente para escrever uma reivindicação ou sugerir rampas novas. Ficamos empolgados mesmo foi com a ideia que apareceu daí, de fazer um filme mostrando a degradação e as limitações impostas aos skatistas. A ideia se tornou concreta quando descobrimos que o namorado da Tina possuía uma filmadora de mini DV.

A gente gravou várias manobras, e foi por pouco que não perdemos o foco, nos satisfazendo apenas com a chance de assistirmos nosso desempenho, vez após vez. Foi Marcel que começou a dar uma de apresentador e nos inspirou a dividir falas entre nós e as repetirmos até a perfeição. Aquela comoção toda atraiu o interesse dos outros frequentadores, até do povo da patinação, que ficava mais para o outro lado. Todo mundo quis aparecer e falar alguma coisa: com que frequência vinham, a área que mais gostavam, algum defeito da pista, qual manobra tentavam no momento... Alguns até exibiram seus machucados e cicatrizes.

Eu mostrei meu braço engessado, mesmo que a fratura não tivesse acontecido ali. Inventei uma história de ter passado com o skate numa raiz, algo a mais para sensibilizar corações gelados, avessos a reformas.

A gente brincava que agora era minha vez de ficar afastado das pistas, assim como Tina ficou ao fraturar a clavícula. Pela seriedade da minha fratura, eu também deveria ficar de gesso praticamente as férias todas. Mas eu me recusava, e ia mesmo assim, praticando manobras mais tranquilas. Isso irritava a Tina, a deixava preocupada comigo. E eu devo confessar: gostava de vê-la se importando tanto com o meu bem-estar.

Porém, logo ela viajou naquelas férias, e nem ela nem o Lean foram vistos até o reinício das aulas. Minto. Lean apareceu uma vez na pista, e todos nós estranhamos. Nós éramos amigos da namorada dele, e não dele. Não era esperado que ele marcasse presença sem que a Tina estivesse ali. Ainda assim, ele veio trazendo notícias do nosso projeto. Ele pesquisou e viu que era extremamente burocrático protocolar uma demanda na prefeitura. Conversando com o irmão dele - amigo do Casulo, que agora raramente aparecia na pista - teve a ideia de pedir ajuda para *HollyFree*, a loja gigante de artigos esportivos. Talvez eles adotassem a pista como golpe publicitário para vender mais skates e patins.

Apesar da nossa conversa entusiasmada, as iniciativas não duraram mais do que um dia. Usamos a desculpa de adiar até que a Tina voltasse. Porém, daquilo tudo saiu um filme muito divertido, que eu daria tudo para ter acesso àquela fita de novo. Assisti apenas uma vez, em agosto daquele ano. Depois entregamos para *HollyFree*. Se Lean possuía uma cópia, jamais saberemos. A gente devia mesmo ter pegado o contato dele, nem que fosse só para isso.

São tantas as pessoas que se foram levando pontas soltas... Tantos telefones nunca anotados ou para sempre silenciados na inconstância dos bens... E eu penso se Leandro ainda mantém essas lembranças, se ele pensa naquela época com carinho, se ele tem ali uma história para contar.

Alguém uma vez disse quando ele tinha se despedido numa de nossas festas: "Espero que eles nunca terminem." Esclarecendo com comentários de outros, era evidente que, enquanto o relacionamento durasse, onde houvesse Tina, haveria também Lean.

Foi no final da oitava série que alguém sugeriu uma festa de Natal, e todo mundo se empolgou. Qualquer desculpa era uma boa desculpa para festejar. Foi numa casa grande, num condomínio abastado. Lá fora, no jardim, nos sentamos numa mesa de granito, em meio às luzes natalinas que ornamentavam as folhagens bem podadas. Bispo estava em algum outro canto, se engraçando ainda com a Cris. Gil, acho que não foi. Dook estava se acabando de dançar no saguão. Só o Marcel estava ali, com a Tina, o namorado dela, eu e mais umas dez pessoas, papeando animadamente. Eu observava o comportamento do Lean, como ele age naturalmente, entrosado com aqueles jovens que vira no máximo uma vez. Todo mundo queria ouvir o que ele tinha a dizer, as histórias das origens do Natal e o costume de trocar presentes, as viagens que ele fazia, as expedições secretas de Stewart James, as dicas de livros e documentários que ele trazia, as suas já clássicas imitações.

"Espero que eles nunca terminem." Mas o fim estava próximo, nem eles mesmos sabiam, eram os últimos meses de Lean. Pois o único vínculo que o amarrava a nossa convivência era o namoro. Ele nunca chegou a se tornar um amigo de verdade; Por mais legal, prestativo e amigável que fosse, não acredito que qualquer pessoa ali fosse selecioná-lo para uma festa de amigos íntimos ou confiaria a ele um grande segredo ou esperaria a sua ajuda num momento difícil. Ele era um cara legal que namorava com a Tina, e era essa a essência daquela esperança de um namoro eterno, um nunca-término.

Na virada do ano ele apareceu de novo, na festa que fomos juntos no clube Avida Mare. Lean chegou e cumprimentou todos como um velho amigo, como se fosse da nossa turma no colégio e nos visse todos os dias.

Nessa ocasião, não fiquei muito com eles, fiquei mais na cola da Bobbi, uma garota por quem passei o ano todo caidinho. Era a primeira no meu arsenal e havia quem dissesse que eu só estava atrás dela porque Tina não estava disponível, ainda mais pelo clima de despedida que estava.

Eu consegui beijar a Bobbi no último segundo de dezembro e no primeiro segundo de janeiro; e mais alguns segundos daquela noite, com menos destaque. Até mesmo a concretização daquele romance arrastado vinha com ares de despedida. Era comovente ver a turma unida uma última vez, a essência daquele grupo que percorreu bons anos no Instituto Border Lira. Aquele ano recém--começado marcava a oferta de novos caminhos.

Lean me viu já no fim da festa, quando a aurora ameaçava clarear o céu, e me desejou feliz Ano-Novo com um abraço. Tina levantou seu copo à distância, com um sorriso embriagado, e piscou para mim, talvez com uma sensibilidade feminina que eu não identifiquei na época e distorce as motivações preguiçosas. Hoje, eu acho que Tina manteve a distância para não minar meu lance com a Bobbi. Na época, me perguntei se ela não estava enciumada, mas acabei optando pela teoria de que ela estava bêbada demais para se levantar por formalidades com quem já tinha intimidade. Ela levantou o copo e piscou, e eu recebi nesses gestos toda aquela cumplicidade de meia década. Ela estava feliz por mim, ela me desejava um ano maravilhoso, ela me queria por perto e se alegrava por ser eu, e nenhum outro, aquele a acompanhá-la numa nova empreitada.

"É, Benzi... vocês vão fazer falta..." Marcel se lamentava, enquanto Dook amaldiçoava em tom de brincadeira:

"Eu espero que o Major seja péssimo e vocês se arrependam amargamente de nos deixar!" Mas ele se confundia. Quem ia para o Major Olegário era o Bispo. Eu, o Gil e a Tina estudaríamos no Lusitana, que era a opção mais viável e mais fácil para aqueles que tinham outros planos pós-ensino médio que não a universidade. Meus amigos visavam a Escola Técnica. Eu, diversamente, já tinha uma bolsa de estudos garantida no país da minha mãe.

Eu senti que minha vida dava uma guinada feroz, novos amigos me aguardavam no meu novo colégio, novos cenários, novas histórias, novas garotas... E em fevereiro começaram as obras de reforma da pista de skate. Com isso, os Azarados tinham que descobrir novas praças, novos parques, e construir mais rampas na garagem da Tina. Mas eu já começava a perceber, naquele momento, que nossos dias de skate eram cada vez mais travestidos de passado.

Em março era aniversário do Dook, e assim tivemos a chance de reencontrar todos os nossos colegas da Border antes que virassem estranhos para nós. Éramos os desertores, como Dook ressentidamente nos apelidou. Bobbi não estava lá. O namorado de Tina estava.

Pela primeira vez, ele não foi a alma da festa. Ele não quis entrar na piscina, com a desculpa de não ter roupa de banho. Ele e a Tina se isolavam em longas conversas, como um casal chato com questões para resolver. Quando alguém os chamava para comer um petisco ou entrar num jogo de adivinhações, eles sorriam educadamente e gesticulavam um 'agora não'. Num momento, vi Tina trocando umas palavras com Bispo. Quando ela começou a se afastar de novo, eu gritei da borda da piscina "Titi, tá tudo bem?" Ela se virou, meio sem paciência, meio dissimulada, contraiu os ombros e balançou a cabeça num tom evidente:

"Tá sim. Tudo certo."

Dane-se... Pouco me importa.

Mas tinha sim uma grande parte de mim que se importava, e não era apenas grande, era também bastante forte. Então perguntei para o Bispo, e ele, despreocupado, respondeu que não era nada, ela só queria saber se podia ir embora de carona com ele, se precisasse.

Foi fácil juntar as peças. Que desde o ano novo, vimos Lean apenas uma vez, em que nos encontramos para comer um hambúrguer e depois ver um filme. Depois disso, sempre que perguntávamos por ele, Tina desconversava. "Sei lá... Ele tinha umas coisas para resolver, estava ocupado com uns negócios e vai ver se consegue vir mais tarde..." Nós, legitimamente, lamentávamos. Lean era um cara legal e fazia falta. Mas ela parecia já não fazer muita questão.

Mais tarde, naquele mesmo dia do aniversário, recebi uma mensagem do Bispo, já ao cair da noite. Dizia para eu ligar para Tina, que ela estava chateada. Ela não quis entrar em detalhes, ficou feliz que eu tinha ligado e tentou se distrair com a minha voz. Agora a gente sabe, eles terminaram naquele dia, mas eu só soube uns quatro ou cinco dias depois. Foi jogando vídeo game na casa do Gil. O Bispo também estava lá, assim como um amigo novo da nossa escola nova. Foi na gafe de querer convidar Lean que Bispo deu uma reprimenda no anfitrião. Foi assim que eu soube. "Qual é o problema? Chamar ele e não chamar a Tina? A gente chama ela também." eu blefei, sabendo já da verdadeira razão nos meus instintos. "Caralho, Benzi. Você não sabe que eles não estão mais juntos?" De qualquer forma, não seria possível convidá-lo... Ninguém tinha pegado o contato dele. E, mais uma vez, Bispo nos trouxe para o lado coerente da realidade: "Pra que isso? Vocês iam preferir andar com ele em vez da Tina?"

É verdade... Como ela se sentiria se a gente ficasse amigo do ex dela? Abrir mão da presença dela quando ele estivesse com a gente - porque ela não ia querer saber de vê-lo. Depois, ouvir histórias e relatos onde ele iria figurar ou mesmo protagonizar. Onde houvesse Lean, jamais existiria Tina, e onde existisse Tina, não poderia haver Lean.

Nunca mais ouvimos falar do cara.

7:

É trabalhoso pesar nossos valores. Se eles mudam com o passar dos anos, é necessário refletir de tempos em tempos sobre o que irá guiar nossas ações. É como se tivéssemos que manter uma coerência para sustentar a noção ilusória de que somos boas pessoas. Desprezamos a hipocrisia, louvamos a integridade.

Uma amizade vale mais do que a verdade? Mais vale uma alegria falsa do que um sofrimento real?

Era tão fácil enxergar Paul como um vilão e Malory como a vítima, a donzela a ser salva... Malory não merece isso. Mas, e eu? Eu mereço viver com a marca de trair a confiança de um amigo? Eu destroçaria a lealdade que eu sempre imaginei possuir? Não, não possuir a lealdade que sempre imaginei me constituir. Quando eu vi a cerimônia de casamento do Paul, ele pareceu sincero nos votos, pareceu realmente acreditar que nada nem ninguém, nunca o separaria ou afastaria daquela mulher. Uma união definitiva, implicando devoção exclusiva, sexo exclusivo, afeição exclusiva, amor exclusivo. Um desafio e tanto pra quem acredita que o amor é inclusivo.

O casamento deles foi às margens de um lago. Ficamos num hotel com chalés de madeira espalhados pelo vale, como uma pequena vila. Eu estava com trinta e quatro anos, e era o primeiro casamento que eu ia.

Conhecia pessoas do meu meio que se casavam, mas elas eram apenas isso, conhecidas. Paul foi o primeiro amigo próximo que se casava, e, sinceramente, a gente achava mesmo que ele seria o primeiro, apesar da falta de pretendentes. "Ele pode não ter ninguém agora, mas assim que começar a namorar mais sério vai querer casar, você vai ver." nossos amigos especulavam. A questão era quando: quando ele encontraria alguém para um relacionamento sério? Porque eu não conseguia ver em nenhuma de suas opções o menor potencial de compromisso. E mesmo se para as partes envolvidas houvesse o interesse na criação forçada desse compromisso, eu diria ser um erro precipitado. Seriam necessárias muitas atualizações de arsenal até surgir a mulher certa para Paul.

Esse era um conceito que eu inventei na época de faculdade e nunca se tornou obsoleto para mim. Um arsenal de garotas. Você mantém quatro ou cinco - não que exista um limite - relacionamentos engatilhados, jamais concretizados. É uma boa maneira de otimizar seu tempo ao conhecer pessoas. Claro, começou como o resultado de um comportamento promíscuo e imaturo, mais uma estratégia para nunca levar um bolo e terminar a noite sozinho numa cama, sem outra opção senão dormir. Mas conforme nos afastávamos dos trinta e nos aproximávamos da quarta década, o conceito de arsenal passou a ser mais uma competição amorosa egocêntrica, eu admito. Uma competição na qual as concorrentes nem ao menos sabem que competem com outras interessadas. Mas nessa idade tudo vai ganhando ares de jogos olímpicos. Seja controlando o ganho de peso, seja tentando fazer o dinheiro render mais, seja gastar menos tempo no trânsito, seja pegando a menor fila, pagar mais barato, chegar primeiro, chegar mais rápido, dormir melhor, engravidar antes da menopausa, achar uma vaga perto da entrada, sair primeiro, rir por último, tirar aquela foto maravilhosa antes que aquele pássaro voe ou o casal se vire ou o sinal abra e você nunca mais veja aquele Bentley 57 conservadíssimo que te lembra da sua avó que adorava carros, negociar para cima quando for vender, para baixo quando for comprar, ter a última palavra, ter razão, ter visão, ter o mais novo, o mais avançado, pegar o elevador antes das portas se fecharem, sair do avião antes de todo mundo, passar pelo inverno sem gripar, passar pelas eleições sem surtar, pagar a conta antes de vencer, lembrar da senha, lembrar da consulta, lembrar do aniversário, planejar o feriado, encontrar a melhor pessoa antes que alguém encontre, agradar para sempre aquela pessoa para que ela nunca te deixe para encontrar outro alguém, conseguir uma mesa no *The Bluesman*, conseguir um ingresso para o Observatório, tomar a melhor decisão perante um dilema ético. Quando posto no papel, viver parece mais exaustivo do que prazeroso.

Eu via Paul exausto de tanto se esforçar para engatar um relacionamento, e toda vez que não funcionava ele suspirava e ajeitava a postura dizendo "Mas é isso aí, vamos lá, de volta à estaca zero." Não precisa ser estaca zero, Paul. Com um arsenal, você já se adianta no processo de observar, abordar, conhecer, flertar, cortejar e criar afinidade. Se a escala for de zero a dez, a cada rompimento você volta à estaca sete.

Malory estava no final da lista do arsenal de Paul, e por vários dias depois da notícia continuamos achando que era uma pegadinha que seria revelada em breve, em meio a gargalhadas. Então começamos a ver como o casal esbanjava sintonia. Assim, as dúvidas foram derretendo feito chocolate no micro-ondas.

A gente só não conseguia entender como a última a entrar no arsenal, a que ele menos tinha convivido, a que a gente secretamente apelidara de Ninja, de tão discreta, era aquela para quem o Paul jurava, diante de trezentas testemunhas, amar e acompanhar pelo resto da vida. E essa frase 'pelo resto da vida' não traz a real dimensão do tempo. Tudo bem, você pode morrer ainda na sua lua de mel e assim manter sua palavra. Mas Paul, garantindo aos trinta e cinco anos e em plena saúde, poderia facilmente, na melhor das hipóteses (e que assim a vida o permita) estar prometendo em cima de sessenta anos. A intenção pode ser boa, a vontade ser poderosa e o empenho ser hercúleo, mas existe mesmo um amor assim tão... gasto? Qual é a expectativa de vida de um amor moderno? Porque a última vez que calculamos foi há dois séculos, e o Romantismo concluíra sem muita polêmica, ainda que de forma inexata, que todo amor é imortal. Talvez mais apropriado seria classificá-lo como amortal, aquele que não morre por causas naturais, mas que se for mortalmente ferido não pode escapar do mesmo destino efêmero que aguarda uma paixão trágica.

Em suma, o amor não morre a menos que seja assassinado. Não alimentar um amor é matá-lo de fome. Não cativá-lo é matá-lo de tristeza. Não aquecê-lo é matá-lo de frio. E não vivê-lo é matá-lo a pauladas. Com isso eu cravo: nenhum amor, nas mãos dos humanos, é perene. A questão é, o quão resistente ele pode ser?

O de Paul e Malory parecia ser feito de grafeno. Ele já nasceu com a força de um planeta. Em poucos passos, aprendeu a correr, e não muito depois, já sabia voar.

Combinamos de nos encontrar às 19h30. Eu devo ter chegado dez minutos antes, com medo de perder a reserva. Outros diriam que eu fui paranoico, o *The Bluesman* jamais nos decepcionaria. Ainda mais, eu nem mesmo precisava reservar uma mesa. O lugar era grande e dificilmente lotaria assim tão cedo. Provavelmente, faltaria mesa lá pras vinte e três horas, 23h30... Mas não antes das vinte e duas. Com certeza, havia destinos mais disputados do que aquele pub.

Um grande equívoco. Todo lugar hoje à noite foi disputado, onde houvesse espaço, onde houvesse gente. No *The Bluesman* havia gente em número exagerado. Na porta, uma fila de espera para os não-paranoicos. Nossa mesa era no segundo andar, bem no canto, perto da sacadinha barroca. E eu esperei de pé, apoiado no guarda-corpo, observando o movimento da rua, os carros procurando vaga entre as árvores, encontros, uma garota com um sorriso bonito abraçando um pessoal na fila. Todo mundo, visto daquele ângulo, estava inegavelmente atraente. Aliás, hoje à noite, o mundo inteiro se embelezava de festa e expectativa. Era aquela contagem regressiva tão enaltecida durante a semana, sincronizada numa madrugada de uma terça-feira. 06d23h59m59s. Seccionando o tempo em quatro, passava dos dias aos segundos, levando o imaginário de um planeta inteiro a seguir a mesma marcação cronológica. Não era mais o Sol que governava e ditava o pulsar hipnótico. Era Landmark II.

Eu confesso que nem estava tão animado, até talvez o terceiro dia de contagem. Contudo, conforme eu vi os números regredindo e o assunto se multiplicando nas vozes da minha vida, passei também a ansiar pelo evento. Que aquela missão silenciosamente se cumpria no espaço, e estávamos próximos de um marco absurdo de dimensões inconcebíveis. No fundo, eram resgatados aqueles jovens deslumbrados, que em tudo viam uma desculpa para festejar. Ah, se eu tivesse ficado vinte anos mais jovem... Eu vi a juventude se encontrando sob a luz do *The Bluesman* e era tomado por nostalgia. Porque ali, onde eu me encontrava, poderia ser a escolha óbvia, mas, com um par de décadas a menos, eu jamais pensaria em testemunhar o pouso sentado num pub e calçando um *Cléo Giovanelli* lustrado, e nunca nem cogitaria questionar se conseguiria confortavelmente ficar acordado até duas horas da manhã.

Citando Shakespeare, de braços abertos, ele apareceu na calçada lá embaixo: Paul. Com ele vinha metade da nossa turma (os três remanescentes vieram gradativamente, com quinze minutos de atraso). Não pude deixar de me gabar por ter reservado uma mesa e eles não evitaram a alfinetada "Eu tinha certeza que você já estaria aqui. Chegou quando? Meio-dia?"

No entanto, mesmo depois de quinze minutos, a mesa não estava completa e nem estaria. É que Malory estava em Istambul, resolvendo os pormenores de uma escavação. Fazia um tempo que eu não a via, e sua ausência naquela noite me pegou de surpresa, apesar de já esperada. A falta de Malory virava uma rotina incômoda.

"Mas está tudo bem entre vocês?" Paul evitava entrar em detalhes, com afirmações curtas. Ele disse que ela queria muito estar ali naquela ocasião, e disse que tinha prometido para ela que telefonaria na hora do pouso, para que, de alguma forma, eles se unissem além de ledos pensamentos. "Não é só a voz que passa numa ligação, é também a presença." Alyson diria.

E num dado momento da noite, eu acharia aquele ato completamente inapropriado e de mau gosto.

Porém, naquela fala de Paul, havia uma carga convincente de evidência de que sim, eles estavam bem. E essas últimas oportunidades de encontro escaparam de Malory por infeliz coincidência.

Era mais uma noite que não seria a mesma sem ela. Era parte integrante do grupo, não uma mera extensão de Paul. Porque, com o passar do tempo, a Ninja foi se despindo de sua camuflagem e nos cedendo o prazer de conhecê-la.

Paul costumava ter quatro moças em seu arsenal. Uma, ele dizia que conheceu no elevador do prédio em que ele trabalhava. A moça fazia análise toda terça-feira no décimo quarto andar. Não se engane, era uma longa subida, letargiada por, no mínimo, dez paradas, e o elevador perdia um pouco de presença humana até restar apenas os dois. Mesmo que Paul trabalhasse no nono andar, ele ia até o décimo quinto, apenas para delongar a companhia da moça e conduzir seu flerte. Por vezes, eles se viam pegos no acaso de subir um ao lado do outro, braços colados ao corpo, espremidos entre estranhos familiares. Outras vezes, os olhares se encontravam no meio de tantas outras cabeças, focadas no crescente numérico acima ou em seus dispositivos pessoais abaixo. Posteriormente, mesmo nessa configuração, os dois trocavam palavras, indiferentes a toda aquela comoção que causavam no silêncio dos avessos às escadas. Todo mundo ouvia, alguns provavelmente até atentavam, ocasionalmente alguém censurava com uma carranca sutil, raramente alguém entrava no assunto. Que as pessoas, antes de conhecerem outras pessoas, sempre parecem sérias demais, tristes demais, afogadas em problemas, incomodadas com a vida que levam. E por um momento, você até se engana: sou eu o único humano que sorri, que canta, que fala sozinho, que gargalha quando aliviado, que fala, que escuta música, que sente curiosidade, que esquece aniversários e sente saudades de alguém? Que gostaria de voltar no tempo... Porque não sou a melhor versão de mim mesmo e, em alguma realidade paralela, algum final alternativo, eu tomei aquela outra decisão que escolhi descartar, e ali, bem ali, nosso ancestral comum desprendeu aquele caminho por onde seguiu o meu eu mais feliz.

A outra era a irmã mais nova de um *chef*. Eu tinha ganhado uma mesa, méritos da profissão, que me tornavam convidado VIP. Quatro lugares para preencher com meus caprichos sociais.

Deixei uma para Paul, a pedido do *chef* - um pedido já reiterado algumas vezes -: um amigo solteiro e decente para apresentar à sua irmã. O caso é que ela vinha de um término e fraquejava voltar para o cara, que, digamos, não era merecedor.

Logo eu pensei no Paul, o recatadinho do Paul, que naquela época não tinha arsenal algum e morria de suspiros por seu primeiro eterno amor. Era uma talzinha que parecia nunca decidir se queria ou não o rapaz apaixonado, se estava disposta a consolidar sentimentos correspondidos ou sufocá-los com o remorso de um carrasco. "Paul, esquece. Tenha um pouco de amor próprio." Ele se fidelizava a uma fantasia platônica, enquanto ela, hedonicamente, explorava romances rasos.

Além de Paul, convidei um casal amigo que apreciava boa culinária, assistia ao filme do rato cozinheiro todo ano, tinha uma coleção de livros do Oliver, Gordon e um outro desses *chefs* famosos. Foram eles que me aplicaram Babete e foram eles que me levaram ao *The Bluesman*, afirmando a descoberta de uma joia gastronômica. Que eles eram tão perspicazes e apurados em suas papilas, que andavam por aí com caderninhos no bolso para registrar o melhor de cada prato, de cada cozinha, cada sabor. Diziam que não era o equipamento, nem mesmo os ingredientes. "Nisso eu discordo dele, mais da metade da alma do prato está na qualidade dos ingredientes." ela afirmava.

"É a técnica, Benz, o procedimento. Dê os mesmos ingredientes e a mesma receita para dois chefs diferentes. Pode até dar os mesmos equipamentos, se quiser. O sabor vai ser diferente, necessariamente. Agora, para provar meu ponto..."

Nathaniel pediu para ela abrir seu caderninho na sua lista de 'pato no coco'. Enquanto ela folheava, atrás da informação, ele me contava como experimentaram o prato pela primeira vez no restaurante mais caro da Costa Rica, aquele que diziam ter o melhor do mundo, o original, o legítimo, incomparável. E era de fato muito bom! Claro que pedimos para conversar com o chefe e ouvir a história do prato. Nesse momento, ela achou a página que buscava, mas aguardou a deixa do namorado. O chef disse que descobriu a receita numa vila da Ilha de Aruba, a comprou por um preço simbólico de duzentos pesos e não mudou nada, pois era uma receita pronta, impecável, sem nenhuma pitada de nada para acrescentar.

"A gente teve a oportunidade de viajar para lá. E, bom, nem se compara às condições do restaurante costa-riquenho, que servia o prato cinco vezes mais caro. O coco era pequeno, feio, e a carne, murcha, preguiçosa... Tudo num prato de latão, com fundo arranhado e gasto. Naquela época, eu achei até injusto, era óbvio que o restaurante da Costa Rica..." ele estalava os dedos tentando se lembrar do nome. Ela soprou a resposta. "Isso! *Chaquelada*. Era óbvio que o *Chaquelada* sempre seria o número um da lista de pato no coco, jamais aquela espelunca triste... Bea, mostre pra ele qual é o segundo nome da lista."

"*Chaquelada.*"

Fiquei impressionado, pelo menos na minha reação. Ele quis me mostrar como era unânime, e pegou seu caderno, que tinha um desenho de galinha na capa, em oposição ao dela, que trazia um ovo sorridente.

"Ah não... É... Deixa. Parece que eu gostei mais do *Chaquelada* mesmo."

Bea começou a rir descontroladamente, e ele ainda tentava sustentar seu argumento, apontando como os gostos se diferem, que enquanto uns acham o sofisticado superior, outros preferem o simples, ou rústico, aquele feito com amor nas mãos em vez de luvas. A pedra, a fogueira; o teflon, o forno elétrico.

"Meu ponto, Benz, é o seguinte: não fique tão surpreso se o melhor risoto da sua vida vier da cozinha de um pub canadense."

De nada adiantou o alerta. Eu fiquei sim muito surpreso na minha primeira ida ao *The Bluesman*. E hoje, mais cedo, coincidência ou não, foi o risoto que pedi. Passei os olhos no cardápio só por educação, antes mesmo da noite descer eu já sabia o que pediria.

A terceira garota de Paul era uma chatinha que bebia demais. Eles se conheceram num show de eletro-sinfônica, que, inclusive, eu fui. No entanto, ali me pareceu dentro do contexto, aquela embriaguez tinha a companhia de tantas outras substâncias, em uma miríade corporal. Porém, a segunda vez que a vi, num aniversário de cirurgia - um amigo que fez bariátrica e gostava de comemorar anualmente - ela só falava de economia e política, a ponto de ficar irritante. Ela o fazia de uma forma arrogante, irônica, ria de almas desviadas que acumulavam conhecimento inferior ao seu. Paul concordava que ela poderia ficar chatinha ao somar álcool à sua personalidade. Mas somente quando ela bebia, ele assegurou. Pode ser, mas eu só a encontrava com um copo na mão.

A quarta era uma professora cinco anos mais velha que ele. Era simpática, tinha um bom papo. Se fosse pra apostar em alguém, ela era a favorita. Até porque ela parecia já fazer planos, e Paul não repelia a ideia. "Por que não, Benz? Ela tem razão, é o fluxo natural da vida, e estamos nos aproximando da idade de casar."

"Pelo menos na nossa sociedade." ele encerrava depois que eu rebatia. Idade de casar? Existem culturas no Pacífico que casam seus integrantes com não menos de cinquenta anos. Mais jovem do que isso é escandaloso. Existem outras, no Timor Leste, que não permitem outra forma de relacionamento além do casamento, levando a milhares de casamentos juvenis e mais milhares ainda de divórcios. É comum encontrar sujeitos da nossa idade já no sexto ou sétimo casamento. Na Europa Medieval, príncipes e princesas se casavam antes dos quinze anos. Existem povos africanos que proíbem o casamento por excluir o indivíduo, sexualmente falando, da sociedade. Enquanto outros, casam bebês após o desmame numa união vitalícia, ainda que permita relações extra-conjugais. Eu nem precisava chegar tão longe: minha avó se casou com doze, meu pai com dezoito.

Então, não, Paul, ela não tem razão. Essa conversa de 'idade pra casar' não parece mais legítima que um mero desejo pessoal. Eu particularmente achava os dois novos demais para casar. Mas se os pensamentos dele já começavam a se sincronizar com os dela nesse quesito, que fosse mesmo com ela o matrimônio. Sempre imaginei que Paul casaria bem com alguém mais inteligente que ele, mais madura, mais centrada, equilibrada. Mas eu acreditava, assim como todos, que esse assunto levaria uns bons anos para evoluir, pois os dois nem ao menos namoravam. A não ser que a intenção fosse pular etapas.

Eu recebi a notícia de uma vez, o que contribuiu com o ceticismo de achar que era tudo uma brincadeira. "Vou me casar! Em março!"

"A pressão tá grande, Paulie." foi minha resposta.

"Ela é fenomenal, Ben. E ela é linda, ela é estonteante, ela é um doce, ela é uma tempestade, ela é brilhante."

E eu, achando que ele se referia ainda à professora, concordei que eles faziam um casal bacana. Mas, até então ele nunca tinha se mostrado tão encantado. "Bom, é fofo vocês já deixarem as intenções claras. Mas o namoro de vocês já começa como um noivado... pelo menos vão ter pouco mais de um ano pra ver se dá certo..."

"Não, Ben, março desse ano! Não há dúvidas, quero estar com ela por toda minha vida. Com ninguém mais! É tão forte o que eu sinto que um namoro parece... insuficiente."

À noite, conversando com Biky ao telefone, não existia nenhum outro assunto. "Fiquei sabendo. É fofo, é coisa de filme, mas, Benz, eles se conheceram há uma semana. Do jeito que o Paul é neorromântico, ele deve ter feito sexo com ela só uma vez, duas no máximo. É isso! Matei a charada, eles transaram finalmente, e Paul, deslumbrado, a pediu em casamento. Ela, brincando, aceitou."

Espere um momento. Uma semana? Esclarecendo esse trecho, foi então que eu fiquei ciente da existência de Malory.

"Quem pentelhos é Malory?" Rup era outro surpreso com a notícia. Nenhum de nós, amigos íntimos do noivo, havia conhecido a noiva, o que tornava impossível nossa benção. E já era esperado que não a conheceríamos de imediato: ela morava em Vancouver. "Então, o próprio Paul mal a vê, e eles vão se casar? É claro que é uma pegadinha, Benz, não sei como vocês levam a sério."

Eu devo esclarecer a mencionada sintonia dos dois, uma vez que a gente não os via juntos. É que eles se falavam por telefone no mínimo cinco vezes ao dia, e pelo menos metade dessas vezes era quase simultâneo, tanto que Paul tinha que insistir até eles se conectarem. A linha dela ocupada, tentando ligar pra ele. A linha dele ocupada, tentando ligar pra ela. E a transformação de Paul, sempre com traços melancólicos na sua incompletude amorosa, era gritante depois que ele conheceu Malory.

Esse conhecimento se deu nas alturas, como ouvi a história múltiplas vezes. E é tudo tão extraordinário que a gente quase passa a acreditar no magnetismo dos corpos, almas gêmeas tão próximas de se encontrar que manipulam o acaso para tal. E cada evento parece uma peça de dominó, alinhada numa sucessão de coincidências.

Nossas entradas e bebidas foram postas à mesa alguns assuntos depois. Na televisão, no canto do salão, passava uma partida de *curling*. E mesmo aquela transmissão, que em nada parecia se importar com outros planetas, trazia um lembrete sutil na borda superior, uma contagem regressiva exibindo 6 horas e 32 minutos. Nós não tínhamos pressa para comer e ir embora, fazíamos uma refeição em etapas, alheios aos valores na conta. É uma noite histórica, e nós, humanos que somos, merecíamos um mimo despreocupado. Por mim, aquele jogo de *curling* poderia durar horas e horas, até não sobrar mais gelo ou números no contador. A pedra que desliza para a outra, que se choca, que empurra, que toca ou que não toca, ou que esbarra pela repelência incidental de um átomo. As pedras que se erram jamais se encontram... e aqui estou eu, ficando emotivo mais uma vez.

Talvez, àquela altura, ela já tivesse chegado e estivesse lá embaixo. Talvez ela estivesse sentada com seus colegas, brindando cada ponto e cada minuto a menos na contagem. Talvez não tenha sido coincidência. Talvez Paul a tenha convidado, mesmo que num blefe. Talvez ele tenha mencionado numa conversa, e ela, solitária, decidiu segui-lo.

Naquele momento, eu já esperava pelo meu risoto, e reparei nela assim que subiu as escadas. Era difícil não reparar na moça esguia, vestida de preto, com ar de *Bond girl*, e um longo cachecol azul-claro, azul-brilhante, azul-borboleta, um azul reluzente, como tons de azul vistos apenas por beija-flores. Ela subiu com um sujeito que tinha idade para ser seu pai, mas, pelo jeito que a olhava, não parecia ser. Ele a seguiu para o fundo do salão, em direção ao jogo de dardos.

De assunto em assunto eu conferia se ela ainda estava lá, mas me enganava, dizendo a mim mesmo que estava apenas observando o movimento do salão, que aumentava como se ali fosse um ponto de referência universal. Sim, que bom que reservei uma mesa, pensei em discreta glória.

"E você, Benz, onde está sua companhia para hoje?" Ela ainda está por vir, meu caro Sandquist. Por ora, são todos vocês. E eles me provocavam, dizendo que todo meu arsenal me rejeitou, que há pessoas que as levam mais a sério e com quem gostariam de passar essa noite tão especial. Mas eu garanto, foi decisão minha estar sozinho. Inclusive, duas das minhas pretendentes perguntaram o que eu faria, onde eu estaria nas últimas horas de contagem. Eu dei respostas vagas, porém sinceras: eu não tinha certeza. Se alguma delas aparecesse no *The Bluesman*, eu prazerosamente receberia sua presença. Mas minha intenção era expandir meu arsenal, não apenas mantê-lo. Que é meio constrangedor revelar, mas as 'duas das minhas pretendentes' que eu mencionei há pouco são reais, mas são as únicas. Há na minha fala a intenção de ludibriar... mas a verdade é que são apenas elas. As minhas duas únicas pretendentes, evidenciando a decadência do meu ego. Pois com o tempo eu vi meus cabelos brancos aumentarem e meu arsenal diminuir na mesma proporção. Todas aquelas que eu amava adorar estão casadas, ou se mudaram, ou passaram a me evitar, ou deixaram de ser adoráveis.

Na época do casamento do Paul eu tinha oito, simplesmente oito. E foi uma decisão duramente elaborada, mas convidei Francesca, a 'Tche', a bela meio italiana, fruto de imigrantes tementes a Mussolini que cresceram na *Little Italy* da terra dos livres, e lá se conheceram, e lá se casaram, e lá a moça pariu pequena Francesca, que, assim como eu, foi estudar no Canadá, e por aqui ficou. E foi comigo no casamento de Paul com a misteriosa Malory, que ainda tinha resquícios de uma elaborada piada.

Durante nossa viagem noturna, ela parecia não ver problema em noivar depois de sete dias. "Benny, não é uma sucessão que começa por namoro, passa por noivado e termina em casamento - ou divórcio, vai saber. São movimentos diferentes, sem relação de aprimoramento. Eles sentiram que são feitos um pro outro e que se casariam, cedo ou tarde. Então resolveram se casar logo, o mais cedo possível. Qual é o problema? Eles não tiveram tempo de se conhecer direito? Algumas pessoas a gente encontra e sente que as conhecemos a vida inteira. O sentimento vem não como algo novo, mas como algo que esteve adormecido."

Fomos direto para o nosso chalé, no suspense do que a escuridão escondia além das lâmpadas no jardim. A gente via que alguns chalés vizinhos estavam iluminados. Perguntei à Tche se não deveríamos ir até o espaço comum ou ao restaurante, para encontrar os que já chegaram.

Não dormimos muito tarde, incentivados pela promessa de um dia agitado. Ficamos apenas o necessário para prestigiar a última noite de Paul como um homem solteiro. Malory já tivera sua dose de socialização noturna e já tinha se recolhido. "É verdade, tem razão! Vocês nunca se conheceram!" Paul se deu conta e até quis ir atrás dela e acordá-la. Naquela noite, mais uma vez ouvi a história de M & P, de P & M.

Começa com um porco. Não, começa com uma ponte. A construtora de Paul precisava de algum representante em Vancouver para resolver o fornecimento de vigas reforçadas para uma ponte. Sandquist foi escalado para viajar, mas, devido a uma pizza de presunto - e aí entra o porco -, deixaram Paul de prontidão. Sandquist ainda descreve sua infecção alimentar como uma experiência de quase-morte. "Foram três dias inteiros até eu conseguir comer normalmente. Tudo que eu comia, eu vomitava. Se eu bebia água, eu vomitava. Os remédios, eu vomitava. Tive que tomar soro na veia pra não desidratar... Perdi cinco quilos para esses dois se conhecerem." ele brinca.

Na véspera da viagem, a passagem chegou por e-mail. Seu colega não apresentava sinal de melhora. Paul se sentou entre as asas do avião, assento 21D.

Ao seu lado, o 21C era ocupado por um senhor de meia idade, com jeito de atleta aposentado.

Foi mais ou menos na metade do voo, que se mostrava até então bastante turbulento, que uma comoção se formou em algum assento do fundo, na fileira 35. A tripulação passava agitada pra lá e pra cá. Quando o aviso de atar os cintos apagou, Malory se soltou de suas amarras e foi conduzida até a fileira 20, na diagonal de Paul, e foi-lhe oferecido o assento B, desocupado, de alguém que ficou preso no trânsito e perdera o voo.

"Ah não, mas aqui é saída de emergência, você não pode ficar aqui com essa mão. Eu vou pedir pra ela conferir se tem algum outro lá na frente."

Não tinha. E Paul, tirando seus olhos da revista que rebuscadamente sugeria um roteiro de cinco dias em Buenos Aires, vislumbrou a tão bela forma que perturbava a calmaria aérea. Nem os violinos de Vivaldi tocando no canal 3 da rádio do avião, nem o filme de Malick passando no monitor atrás de sua cabeça, ou o documentário subaquático da BBC à sua frente, nem as fotos deslumbrantes da revista no seu colo, nem o romance de Saramago a sete páginas do fim na fileira 2, nem as nuvens lá fora abaixo de seus pés. Nem mesmo o mundo inteiro abaixo de suas nuvens.

Paul quis fazer algo por ela, conectar suas vidas de alguma maneira. Então, ele desatou seu cinto e declarou heroicamente "Pode se sentar aqui. Eu..." - mas o sujeito da 21C murchou sua gentileza ao interrompê-lo secamente com uma gentileza em dobro. "Não se preocupe, fica mais fácil se eu trocar." Em seguida, ofereceu seu assento para a moça angustiada. Ela agradeceu, a comissária agradeceu. E logo Paul se deu conta de que também agradecia.

Malory o cumprimentou antes de se sentar. E assim ela viu Paul. E assim ela disse a primeira palavra para seu futuro marido, sem fazer ideia, mas já com uma íntima certeza de que aquele encontro mudaria sua vida.

"Mas ela conta a história melhor do que eu. Ela também embarcou naquele avião bem por acaso..." Paul se interrompeu por ali, que já era noite há mais de três horas e o dia seguinte seria longo e belo. Todos ali concordaram e dispersaram para seus chalés. Paul nos acompanhou. Mais que uma mera cortesia, era uma necessidade, visto que seu chalé ficava naquela mesma direção.

As luzes baixas iluminando o caminho de pedra e madeira. O coaxar distante. E Paul suspirando, fosse de cansaço ou expectativa.

Pode ter sido insensível de minha parte, mas não resisti em provocá-lo, ainda suspeitando da urgência daquele casamento.

"Está hesitando, Paulie? Seu coração tem algo a dizer?"

Tche se juntou, com uma nota divertida a mais do que eu. Ela não sabia da história toda. "Nem pensar! Agora não tem mais volta!"

"Malory é meu amor eterno, pessoal." ele também se esquivava da provocação.

"Tudo bem. E quanto ao seu primeiro amor eterno? Ela já sabe do dia de amanhã?"

"Opa! Que história é essa? Que reviravolta!" Tche quase gritou, como uma adolescente, sem noção de horário, sem perder o sorriso acompanhando a minha suposta piada.

Paul ignorou: "Boa noite a vocês dois. A gente se vê amanhã."

Tche estava tão certa de que tinha sido uma brincadeira que nem tocou mais no assunto ou demonstrou qualquer tipo de curiosidade quando fechamos a porta.

"Que horas são? Acho que vou tomar um banho. Ou tomo amanhã cedo?" Eu, debruçado sobre a mesa, lia a capa da revista de viagem que ali estava: 'Seu próximo destino'. E Paul se consolando de que pessoas que se amam nem sempre ficam juntas. Ou que simplesmente não era o momento ainda, mas eles ainda dariam certo um dia. Na época que me disse essas coisas, ele tinha sido rejeitado pela terceira vez, após a terceira tentativa de se relacionar com o tal amor de sua vida. "Paul… um pouco de amor próprio…" E, numa aparente perda de tempo, o encorajei a montar um arsenal. Ali, no conforto do chalé me veio um pensamento alarmante de que Paul se casava numa tentativa desesperada de se desligar do seu amorzinho bumerangue, um contentamento descontente com uma paixão fulminante que não devia passar da confusa combinação de tesão e solidão.

Num meio impulso pensado, saí em direção a ele. E o tempo de minha narração não faz jus à velocidade da decisão. Paul não tinha se afastado mais que dez passos por entre as luzes do jardim. Ele me ouviu chegar e se virou, já reclamando.

"Ben, por favor, agora não é o momento, me deixa."

"Quando é o momento então?"

"Já passou. O momento já passou. Não era você que me dizia pra seguir em frente? Parabéns, eu finalmente entendi que ela não me quer e decidi seguir em frente."

"E conseguiu, Paul?"

"Puta que pariu..."

"Não, me responde com sinceridade e eu te deixo em paz. Aliás, nem precisa me responder... responde na sua cabeça, seja sincero consigo mesmo."

Uma nuvem cobria a lua cheia. E os sapos se ocupavam de outros sons. E as mariposas nada entendiam. O chalé mais próximo estava desocupado e escuro, e no segundo mais próximo, Francesca abafava qualquer sílaba da nossa conversa com o sibilar do chuveiro a escorrer água pressurizada em seus cabelos.

"Ben, eu amo a Malory, cada dia mais. Tudo que passou é passado. Eu não posso esperar a vida toda por uma ilusão."

"Você tá feliz, então."

"Sim. Posso?"

"Quer dizer que se ela aparecesse aqui amanhã, tentando impedir o casamento e dizendo que..."

"Eu vou me casar. Tá bom?"

"Que bom. Fico feliz por você."

"Legal."

Eles se casaram no dia seguinte. O Sol da quase primavera amenizava o frio. E o lago trazia um azul profundo de quem passou uma estação inteira sob o gelo. O Sol e a água se encontravam num brilho alongado e inquieto. Nós nos sentamos às margens, ouvindo as ondinhas se dissipando sobre os pedregulhos. Os músicos tiravam seus instrumentos dos estojos com o esmero de uma brisa. Quando os noivos apareceram, o quarteto de cordas tocava

Beirut. Eles vieram juntos, pois se arrumaram juntos. E vestiam cores complementares.

Transatlantique tocava no café em que eles se encontraram no dia seguinte. Que a conversa no avião tinha sido tão prazerosa que não acabou com a aterrissagem, tampouco no desembarque e muito menos no saguão, esperando pela bagagem. E que a bagagem não chegasse nunca, pois eles pensavam que aquilo iria separá-los enfim e que nada passaria de um encontro passageiro. Mas quando a mala dele chegou, ela se prontificou "Vamos?"

"Mas, e a sua mala?"

"Eu não tenho, viajei só com essa mochilinha."

A empresa de Paul havia providenciado um carro que o aguardava numa locadora. Enquanto ele preenchia a papelada, Malory sentiu que era o momento de se despedir. Porém, Paul conseguiu adiar ainda mais um pouco, oferecendo uma carona até o centro. "Por favor, não seja um maníaco. Eu odiaria ter que te dar uma surra." ela brincou em pensamento.

"Vamos, eu te levo. Aí a gente termina esse assunto." Mas os temas se desdobravam como uma *Matrioska.*

E no dia seguinte, quando se reencontraram num café, tocava *Transatlantique*, sutilmente.

And all along I was your home.

A decoração na parede trazia frases otimistas sobre comida. A mesa era preta, como o estofado que os acolhia. A pele dela, cada pinta em seu braço, seus dedos escondidos sob uma luva ortopédica. O cabelo dele, como cada fio sublinhava o Sol de inverno. Um coração em frangalhos que insiste em bater. Ela apertava os lábios ao sorrir. Ele levava a mão à testa ao gargalhar. E o tempo todo eu era seu lar.

Era comovente ver os dois juntos. Francesca compartilhava sua emoção comigo, agarrando meu braço com ambas as mãos. Malory e Paul, Paul e Malory. Algo de lindo nos dois. E diante de perguntas óbvias e imutáveis, a promessa de união vitalícia, ela aceitou, ele aceitou. E eu começava a querer aceitar o fim daquele arsenal promissor de Paul. Começava a aceitar que aquilo em seu rosto era a mais pura felicidade. No final das contas, pelo menos ele não se casava com a chatinha alcoólica. Então eu ergo minha taça vazia de indagações. Parabéns, Paul. Felicidades. 6 horas, 13 minutos.

"Não, era pra um campeonato, um campeonato de Jiu-Jitsu, certo? Foi, tipo, na minha terceira luta. Sério! Juro que sou faixa preta!" ela escapava o branco cativante de seus dentes, rindo diante dos ouvintes. Depois, bem depois, eu percebi que ela só estava soltinha daquele jeito pelas circunstâncias e pelo champanhe em seu organismo.

"Primeiro que nem era pra eu estar ali. Eu deveria ter aceitado o convite da Marie e ido pra Edmonton, pro festival de gelo. Mas, provavelmente, daria na mesma, porque eu sou uma negação com patins. Não, pelo contrário, eu sou muito boa. Sou tão boa que meus pés mal me acompanham, e, aí sim, acidentes acontecem. Então, tá, resolvi que eu era mais apta ao tatame do que ao gelo. Assim mesmo: acordei e pensei "vou competir". Lembrando, juro que sou faixa preta - não me faça ter que demonstrar em você, Paulie! Resumindo: terceira luta, a menina devia ter, sei lá, quinze anos. Eu ia ganhar, sim. Mas, sabe quando você pisa meio torto e torce o tornozelo? Pois é, eu torci meu punho. Tive que voltar mais cedo. E, para a sorte do Paul, não tinha voo direto pra Vancouver na quinta. Não bastando, meu voo demorou horas pra sair, porque parece que estavam abastecendo o avião com um conta-gotas. Sério! Horas! Dias! Perdi minha conexão, obviamente. Aí me colocaram no tal do voo 412, bem do lado de uma garotinha que, sem brincadeira, devia ter comido uma bandeira da África do Sul. O avião também não colaborou. Ele não voava, ele viajava pulando de nuvem em nuvem, não é possível!" ela passava os dedos pelos cachos, conduzindo as mechas pra trás da orelha ou ajeitando sua franja ao longo do rosto corado pelo frio ou pelo Sol.

"A menina vomitou todas as vinte e sete cores do arco-íris, seria lindo se não fosse trágico. Quando eu voltei do banheiro, depois de me limpar - prefiro não entrar em detalhes, ok? Ainda vejo flashes. -, a aeromoça, muito oportunamente, me ofereceu um novo lugar. Mas era na saída de emergência. Já viu, né? Duvidaram da minha habilidade de operar a porta com uma mão só no caso de pouso forçado - que provavelmente já estava em andamento, de tanto que o treco... 'turbulava'... 'turbulenciava'? Moça... eu abro essa porta à cabeçadas, mas não me leva de volta pro vômito não... E então, meu herói..." ela olhou para Paul, engatilhando seu humor "...alto, atlético, todo bonitão... se levantou e me ofereceu um lugar ao lado do Paul. Te amo, Paulie, e repito: te amo. Pois é, sim, gostei de cara. E eu morrendo de vergonha, né? Será que ele vai sentir o cheiro? Será que ele vai achar que fui eu?"

O resto da história eu nunca ouvi, mas já conhecia. Tudo levava até ali, os dois dançando, os dois brindando, os dois se beijando na noite. E o tempo todo eu era seu lar.

Eu me pergunto se é sempre assim, se encontros são sempre inevitáveis. Se apesar de todos os esforços da vida para unir os dois, Paul simplesmente não oferecesse aquela carona no aeroporto, ou se Malory não esperasse pela bagagem dele e se apressasse para não perder o ônibus. Pelo menos eu não preciso me preocupar em perder oportunidades. Se a vida falhou em me unir a alguém, eu trago uma consciência leve de quem fez sua parte.

Eu olhava para meus amigos que estavam ao redor da mesa no *The Bluesman* e percebi que eu era o único solteiro ali, tirando Biky, que é divorciada, e Sandquist, que vive num relacionamento aberto que já dura muito mais que muito namoro sério por aí. "Não sou eu, quem insiste nisso, é ela. Por mim ela já estava com uma aliança no dedo e aposentada."

Justine e Martin estão casados há uns bons quinze, dezesseis anos. Rup estava casado com Corina há quase um ano quando Paul se casou. E Paul... Paul parecia casado com Malory antes mesmo de conhecê-la.

Retomando a noite, agora tudo parece se encaixar. Que num dado momento, entre o pedido e a refeição, quando a contagem entrava na última dezena antes das 6 horas, Paul se ausentou da mesa. Eu olhei em volta, mais uma vez conferindo a garota animada nos dardos com um destacamento de amigos conduzidos na sua empolgação. O tipo de grupo que você vê e secretamente deseja fazer parte, apenas para sentir de novo essa alegria rara.

"Cadê o Paul?" Prontamente retrucaram que ele estava no banheiro. Agora eu tenho quase certeza de que ele estava ali naquele grupo e que foram nossos olhos desatentos que não confirmaram. Mas ele devia estar lá, devia ter visto a bela moça que regia aquela orquestra e foi saudá-la, foi reverenciá-la.

E talvez tenha até sido ele, inconsequentemente, que encorajou ela a se juntar a nós. "Aparece na nossa mesa depois." E assim ela o fez.

6:

No início, a esposa de Paul nada dizia, nada trazia, nada cativava. Atarefado com a vida de recém-casado e indo e vindo de Vancouver para ajudá-la na mudança, nosso amigo sumiu por pelo menos dois meses. Quando finalmente nos encontramos - eu, Biky, o namorado dela (que futuramente seria marido e hoje é ex), Paul e Malory - foi como se ela não estivesse ali. Ela agia como alguém de Quebec que *ne comprend pas*. Mas, ainda assim, barreira linguística nunca foi obstáculo para a comunicação.

Biky e o namorado - não consigo me lembrar o nome do sujeito - sugeriram um restaurante de comida grega, montado num pátio tomado por cerquinhas brancas e trepadeiras. Era um belo dia de verão julino, e ali estávamos, esperando os recém-casados trazerem suas fotos e histórias de Buenos Aires. "Eu conversei com ela um pouco, antes do casamento, na verdade. Ela é fofa. E é linda né, vamos combinar. Mas eu não sei se ela é tímida ou introspectiva, ou se não gostou de mim." Biky tentava amenizar as expectativas sobre Malory.

Havia um padrão de polvos e peixes nos azulejos do banheiro. Quando voltei, eles já tinham chegado, e eu via Paul gesticulando animadamente no decorrer do primeiro assunto. Malory, com seu sorriso felino e olhos curiosos e vivos, admirava seus arredores. E então ela me viu e acenou, meio insegura, sem ter certeza da minha identidade.

Claro, a gente se conheceu no casamento. Mas lá ela tinha sido apresentada a tantas pessoas que até o mais avançado computador teria dificuldades em gerenciar tanta informação.

Eu me aproximei do grupo com a incômoda impressão de estar chegando atrasado, de ser o último a aparecer.

"E então, como foi a viagem?" escolhi o assunto.

Seguiu-se uma longa descrição de Paul. As galerias e boutiques da Recoleta, os centros culturais e livrarias do centro, a encantadora feira de antiguidades de domingo, as casinhas portenhas colorindo as ruas, *Plaza de Mayo*, Casa Rosada, o café Tortoni, os artistas da *Calle Florida*, o deleite da culinária argentina: *parrilla, pollo ao verdeo*, as patinhas de rã, o *dulce de leche* e o soberbo e raro sabor de *pomelo*.

"Agora, o litoral... Como chama mesmo a cidade dos leões-marinhos?"

"*Mar del Plata*." Malory contribuía com nomes, que o espanhol dela era bilhões de vezes melhor que o de Paul. E eu cheguei a pensar que apenas não ouvíamos mais dela por causa do discurso inflamado do marido. Então, eu instiguei: "Você já conhecia?" ao qual ela respondeu: "Córdoba."

"Ela foi quando era criança, com os pais." Paul complementou.

"E como foi?" insisti, quase a desafiando.

"Foi legal. É bem bonito!" Em seguida, ela recorria a Paul: "Ah! Conta da cripta, da catedral!"

"Ah é! Escuta isso..."

Era como se ela adorasse ouvir a voz dele ou a cadência de suas histórias, as crônicas de sua lua-de-mel narradas por seu timbre preferido.

Por quase um ano foi assim. Poucas palavras. Malory se expressava através de Paul, ouvindo, observando, fazendo notas mentais criptografadas em seu silêncio. "Ela não gosta muito da gente, né?"

"Que isso, Ben! Ela te adora!"

Ela me adora como se adora um filme, um livro, uma celebridade. Como os meninos adoravam Tina antes de conhecer Tina. Como se adora a imagem que se faz de alguém mais do que esse alguém. Pois como conhecer sem conhecer? Como se relacionar sem interagir? Como falar com alguém sem dizer uma palavra?

Ela via como eu era com Paul, com Biky, com Sandquist, com Corina... Mas creio que somos pessoas diferentes com diferentes pessoas. Que a maneira que eu trato e me comporto com um, não é exatamente a mesma que eu me comporto com outro. E se a gente não se desse bem, Malory? Se ninguém mais estivesse ali, tirando o melhor de mim, você seria capaz de tirar?

Malory é antropóloga. O tipo legal de antropóloga, aquele que crianças sonham em ser. Ela desenterra ossos e artefatos, remontando a história dos que há muito aqui habitaram. Ela os trata com um apreço quase afetuoso, como se aqueles esqueletos fossem da família e tivessem iniciado tudo o que vivemos. Ela descrevia a experiência emocionante de encontrar um crânio inteiro, encarar para além do *memento mori* e além de nossos antepassados. As órbitas vazias de um símio que existiu. Nós existimos e ainda existimos. Milhares de milhões de gerações existiram depois, enquanto nossos ossos e nossa forma etérea persistem, sob camadas de pó e planeta Terra. Estivemos aqui. Estamos aqui. E esses ossos já sustentaram a origem de uma linhagem que poderia muito bem ser a minha, a sua, a de Paul. E a gente pensa: qual é o nosso papel nessa longa história? Que marca vamos deixar no tempo que temos antes de entregar a chama? "Isso é pra você."

Ela me trouxe uma pedra lascada num triângulo rudimentar. Ela colocou dentro de uma caixinha do tamanho quase exato, forrou com palha e lacrou com sisal. É curioso pensar que uma pedra foi o mais querido mimo que já recebi. "Viu? Ela te adora!"

E todo mundo gostava da Ninja, antes mesmo dela se mostrar para nós. Ela sempre teve essa presença tranquila, centrada, intimista. Ela só precisava de tempo para nos receber em seu universo, seja lá quais fossem os motivos daquela ânima que a rege. E eu percebi isso naquele dia do boliche.

Era uma pista *vintage*, montada dentro de um galpão, outrora uma fábrica de rolha abandonada. A história impregnada no lugar é que os herdeiros venderam para uma grande rede de supermercados, condenando o galpão bicentenário à demolição. Foi a filha do milionário que o convenceu a lhe presentear com o investimento. Na mesma semana ela tinha visto um filme chamado 'A Liga de Los Angeles' (biográfico, eu acho), que contava a história de uma moça que lutava por espaço no esporte na década de 1960. O boliche do filme a inspirou, e ela ficou com pena de derrubar o galpão que trazia a estrutura metálica do teto incrivelmente preservada e vigas sólidas. Ela combinou o ferro com madeira, couro e veludo vinho. E quando limpo e polido, a vida, antes apagada, reluziu, vibrante. É um respiro há muito almejado em meio a golpes de neon, luzes negras e projeções que dominam todas as pistas de boliche da cidade. A música pop-eletrônica abriu espaço para as apresentações de jazz local e *modern swing*.

"E o *poutine* que eles servem, Benz... Deve ser o terceiro melhor do país." Bea folheava o caderninho culinário em busca de confirmação.

No entanto, obviamente, não estávamos ali pela comida. Era pelo jogo, pela companhia e pelo pré-aniversário de um ano de Paul-Malory. Ruppert abertamente a chamava de Ninja, e assim escreveu no placar zerado. Quando Paul questionou o motivo, ele despistou: "Tem que ser muito ninja pra casar com você!"

As luzes sobre os pinos de madeira lá no fundo se acenderam. As bolas, todas pretas, minimalistas, chegaram ao suporte da nossa pista. O modo competitivo do nosso grupo foi ativado. E naquele tempo, quando ficávamos competitivos (hoje a idade já nos amansou), falávamos alto, demasiadamente e sarcasticamente. Claro que isso não ajudava nem um pouco a descontrair Malory. O máximo que ela fazia era sorrir com nossas brincadeiras e voltar-se de sua jogada com uma pose. Eu me aliviava por ao menos ela parecer estar se divertindo. Odiaria se virássemos um dilema no casamento deles, se Paul tivesse que abrir mão da nossa companhia para agradá-la, por mais que ela se esforçasse em acompanhar seus amigos. E então ela chegaria ao ponto em que diria: "pode ir Paul, acho que vou ficar, estou cansada", e ele iria. E sozinha em casa, ela acabaria se ressentindo quando ele chegasse tarde. E se Paul tivesse sensibilidade, ele entenderia todos aqueles motivos para não sair como uma desculpa para não nos encontrar, para não se sentir isolada, deslocada, invisível. E Paul diria "é, tem razão, e o trânsito vai estar horrível", e ficariam os dois a procurar um filme na programação da TV paga. Até que Paul não mais tentaria convidá-la, e ele mesmo já estaria dando desculpas, outrora dela. E não muito depois, a gente não mais procuraria Paul, adiantando uma negativa.

Eu sei, não se pode contar sempre com alguém como Corina, que adotou os amigos de Ruppert como os seus próprios, ou como Martin e Justine, que já eram do grupo antes de serem um par. Porém, eu lamentava a possibilidade de perder não apenas Paul, mas também a Ninja, que parecia ter um grande potencial para virar uma amiga, não apenas a esposa do Paul.

O futuro ex-marido da Biky - já desisti de tentar lembrar o nome, mas realmente não importa - liderava o jogo depois de alguns *spares* e dois *strikes*. Eu, que me considero um jogador relevante, com um recorde pessoal de cento e vinte e sete pontos, o seguia de perto. Outro que representava certo perigo era Martin, mas ele não estava ali, então eu não precisava me preocupar muito com a sopa de jogadores razoáveis/medianos que travavam suas próprias disputas pelo terceiro lugar. Foi por volta da sétima rodada que reparei que Ninja escalara sua pontuação até o pódio. Ainda assim, quase vinte pontos atrás de mim, enquanto eu focava nos seis que me tiravam a vitória.

A situação da última rodada era mais ou menos a mesma. Exceto que Nathaniel conseguira encostar na Ninja e, consequentemente, jogando antes dela, tomou sua posição temporariamente. Eu me conformei com o segundo lugar e meus cento e quinze pontos. O namorado da Biky fazia um *strike* e mais oito pinos, se isolando em primeiro.

Então ela veio. Levantou-se do sofá escuro, encarando Paul com olhos desafiadores, respondendo a alguma provocação. Ela escolheu sua esfera pelo peso, e pela primeira vez vi alguém limpar uma bola de boliche antes de uma jogada. "É que ela estava toda confiante, se gabando que ganhava quando quisesse ganhar." seu marido esclareceu quando ela se posicionou diante da pista, levantando a bola até seu nariz. Eu rapidamente calculei na tela do placar: ainda era possível. Difícil, mas não impossível. Não com um *strike*, nem com um *double*, mas com um *turkey*. Era derrubar todos os pinos, três vezes seguidas.

A maneira como Malory lançou a bola foi impecavelmente profissional. Ali, no primeiro *strike*, ela deixou escapar um trejeito com o pé direito que antes não aparecera, confirmando para mim que ela não vinha se esforçando nas 9 rodadas anteriores. Ela o dobrava para trás, de modo a mostrar a sola do seu sapato. Ela segurou a pose, como se ainda tivesse influência sobre o giro da bola. E aquela longa superfície encerada conduziu a inércia para um choque devastador em cada um dos pinos indefesos.

Nathaniel socou o ar, empurrado de volta para o quarto lugar.

Todo mundo ficou animado, pois era o único *strike* da Ninja na partida. Eu, reparando no modo em que ela mal compartilhou dessa empolgação, já desconfiava que não seria o único. Paul apertava os lábios, ciente de que soltara o Kraken. Ela se voltou para ele com uma expressão neutra, como se fosse a coisa mais natural.

Para o resto do pessoal que ainda não tinha decifrado o ocorrente, o segundo *strike* veio como uma surpresa ainda maior. "É, parece que vamos ter peru para o jantar." Malory fez uma piada sofisticada, enquanto esperava, próxima a esteira, pela mesma bola. Foi assim que aprendi a nomenclatura da jogada. *Strike, double, turkey*, conforme explicado pelo namorado da Biky. Rup e Biky chegaram a se levantar e ficar logo atrás de Malory, numa euforia juvenil com a jogada que presenciavam.

"É que ela dizia ser a boazona do boliche e eu provoquei agora que não estava nada impressionado com o desempenho dela..." Paul se justificava por não saber de fato das habilidades da esposa. Ou sabia, mas nunca havia confirmado.

Enquanto ela ajustava sua postura para o golpe final, eu elaborei minha interpretação daquele desfecho, tão repentina quanto um *insight*.

Ela permaneceu Ninja por todo o jogo. Até que na última rodada ela se despiu em Malory, pronta para se mostrar para nós, mesmo que apenas por cinco minutos. Não foi apenas a piada inteligente, foi a vitória por três pontos de diferença, foi quando ela decidiu ganhar. 5 horas, 52 minutos.

Ela chegou por trás de mim - não Malory, Mabel. "E então pessoal, qual é o motivo pra tanto alvoroço?" a garota que fulgurava pôs a mão sobre meu ombro e de Sandquist, ao meu lado. Chegou assim mesmo, interrompendo o assunto, como se fosse parte do grupo e houvesse urgência na sua retórica.

Eu me perguntei se a conhecia de algum lugar. Mas, daquele ângulo, de baixo para cima, era difícil assimilar suas feições. "Ouvi dizer que tem uma moça bonita arrebentando nos dardos." flertei. Ela sorriu, lisonjeada:

"Nada a ver com o laranjinha lá fora, então?"

Rup interveio irônico: "Landmark II? Não, aquilo é normal, acontece todo dia."

Uma dupla de garçonetes pediu licença, trazendo nossos pedidos em largas bandejas. Enquanto faziam a chamada dos pratos (a qual nosso grupo propositalmente respondia como numa sala de aula), a moça ao meu ombro comentou a beleza do prato de Justine. "Tornedor, molho de maracujá. E isso são bolinhas de funghi, parmesão e tomatinho." Meu risoto foi posto à minha frente, o arroz plantado, germinado, colhido, ensacado, distribuído, descarregado, armazenado, cozido, temperado e preparado apenas para meu deleite e nutrição. A energia do Sol em forma de grãos. E o vapor subindo num aroma sedutor.

A mão que repousava sobre meu ombro não estava mais ali. Para a surpresa de todos, ela recebia de Justine meia bolinha frita de cogumelos, que ela dividira com seu garfo. Ela mastigou com satisfação e gesticulou agradecimentos e louvores. Ela trocou mais um par de frases com Justine e Martin - que eu não ouvi direito. "Pessoal, vou deixá-los com suas refeições. Bom apetite! Excelentes pedidos! Nossa, olha essa jogada!" ela apontou para a televisão apenas com a intenção de distrair Paul e roubar uma batata frita do seu prato. Sandquist gargalhou e ameaçou denunciá-la "Oh não, Paul!" Ela se afastou velozmente, com um último sorriso encantador, reunindo e levando o indicador aos lábios, pedindo segredo.

"O que foi isso?" eu me admirei.

"Essa noite promete" Biky ria ao meu lado.

"Eu ofereci de brincadeira. Nunca pensei que ela fosse aceitar." Justine se divertia com o inesperado de dividir sua comida com uma desconhecida.

Mabel - o nome da moça, como posteriormente eu aprendi - é uma 'pessoista', uma "*people person*" que me lembra alguém do passado. E não estou falando do namorado da Tina, Lean, embora desatentos também poderiam enquadrá-lo na definição. Eu falo de Francesca. E por que não Lean? Bom, ele gostava de amigos dos amigos, pessoas que estavam a uma conexão de distância. De certa forma, estranhos em menor grau. Francesca não. Ela não fazia distinção alguma entre amigos, conhecidos e estranhos.

Como já mencionado, Tche tinha Itália dividindo seu sangue com América. E o destino nos guiou para o mesmo país, a mesma sorveteria. A gente devia ter uns vinte e oito anos.

Eu estava sentado sozinho com um petit-gateau quando ela interrompeu meus pensamentos. "Você tá esperando alguém?" Talvez. Talvez eu esperasse por ela. Talvez eu esperasse por qualquer pessoa que pudesse me tirar daquela cidade que me mantinha já por dez anos e ainda parecia mais uma paragem do que um lar. Que a terra distante em que nasci tinha oito anos de vantagem sobre o Canadá, e a vontade de voltar me bateu covardemente. E aquele sotaque nova-iorquino na indagação de uma desconhecida me despertou a simpatia pelo estrangeiro, como se além das fronteiras fôssemos todos conterrâneos.

"Não. Estou sozinho." Sua abordagem me pegara tão desprevenido que perdi a chance de retrucar de forma lisonjeira.

"Legal, eu também. Posso me sentar aqui? Minha amiga furou comigo e eu tô chateada demais pra sentar sozinha."

Ó, doce 'italicana', ainda que não me sentisse atraído por ti, certamente dividiria minha mesa perante tão sincero pedido. Ela sorriu, curiosa com meu sotaque forasteiro, e de imediato me tratou como um amigo de infância.

Ninguém deveria tomar sorvete sozinho, ela disse. E me contou tudo sobre as receitas secretas da sorveteria que seu avô tinha em New Jersey, contou as duas últimas vezes que tinham furado com ela e sobre o filme de suspense policial que tinha visto no dia anterior e a impediu de dormir antes das vinte e três horas porque a deixara cheia de adrenalina e isso era um problema, porque ela tinha que levantar todo dia às cinco da manhã e se dormisse menos do que costumava, ficava com enxaqueca. (A forma que ela disse foi a mais bonita pronúncia que já ouvi dessa palavra: ela transformava enxaqueca em algo que você gostaria de ter.)

As duas horas que passamos naquela mesa me deixaram à vontade para me abrir com ela quando perguntou a razão da minha tristeza. É que numa livraria eu me deparei com um caderno dos *X-Games* que me chamou a atenção. Era um skatista fazendo um *handplant*, aquela manobra em que se planta bananeira com uma mão na pista e a outra no skate. Eu deveria ter comprado o caderno, então poderia mostrá-la. E eu cheguei a levar o caderno para a fila do caixa, mas pensei de forma prática e deixei ele para trás, porque eu nem precisava de um. Que outra pessoa o leve e honre suas páginas, que admire o atleta não por sua origem, mas por sua carreira.

"Ele era meu amigo de infância. Hoje ele é tetracampeão e o queridinho dos *X-Games*. A gente chamava ele de Duque. Mas isso é uma história pra outro dia. Faz uma década que eu não o vejo e não fazia ideia de como ele estava ou que vida vinha levando. E é assim com todo mundo daquela época... As pessoas que já foram as mais importantes pra mim... Hoje, desconhecidas..."

Eu fiquei com aquele anelo de voltar pra casa, mas Francesca fez com que eu percebesse que não era uma cidade, era uma época. Que avião nenhum me levaria de volta. E me contou sobre sua própria experiência de descobrir um amigo na fama: quando criança ela brincava com Stef Germanotta, uma vida antes dela sequer pensar em ter uma banda ou ouvir Freddie cantar *Radio GaGa*.

Eu fecho meus olhos e os sinto, intocados, guardados em minhas próprias lembranças e nas fotografias que nunca tirei.

Foi inevitável visitar a lembrança de Tche essa noite. A garota que puxa papo com estranhos. Nas vezes seguintes em que saí com ela, isso ficou evidente em diversas situações.

Para começar, que ela perguntava o nome de todo garçom que nos servia, e, não satisfeita, retribuía com nossos nomes. "Mas pode me chamar de Tche e ele de Benz." Ela distribuía elogios sinceros. "Gostei da mochila" "Sua voz ficaria ótima numa meditação guiada." "Queria ter um cabelo assim." "É o bebê mais lindo do mundo!" E a vez que paramos num semáforo e ela perguntou ao motorista do carro ao lado o que ele estava ouvindo. Com um largo sorriso, ele respondeu e aumentou o volume.

E eu percebia como o mundo é mais receptivo e belo quando se é gentil. Então, por que não o ser? Foi com sinceridade que o Lean convenceu aquele professor a me deixar mudar a resposta. Nós, como humanos, vivemos em comunidade, mas agimos como se vivêssemos sós. Temos medo de nos mostrar, medo de falar, medo de sermos julgados e expostos. Pois a gente já toma como garantia a maldade e indiferença humana.

Assim, era impensável para mim que carisma e autenticidade pudessem incomodar. E até aquele comentário, eu nunca tinha visto ninguém repudiar o comportamento da Tche:

"Achei ela invasiva."

Quem o disse não importa, amigo de alguém que só vi uma vez, a fala excede a importância de sua fonte. E foi assim que comecei a perceber esse lado inconveniente da semi-italiana que tanto me atraía. Quando ela contava piadas no metrô, ou comentava o filme na saída do cinema, ou quando alguém falava superficialmente sobre o clima e ela preferia contar como uma chuva afetaria seus planos, eu achava fascinante como ela fazia as pessoas se acharem importantes e vistas.

Mas ela também sabia ser curiosa em assuntos que não eram da sua conta e fazia pessoas se sentirem invadidas, desrespeitadas em suas individualidades. E assim, eu fui ficando cada vez mais desconfortável com toda aquela interação. Todos só querem ser deixados em paz, sem perturbações, sem histórias despropositadas, sem gracinhas e piadas nos infortúnios cotidianos. Ouvir música na privacidade de seu veículo sem dar satisfação a ninguém.

"E a risada dela é muito alta."

Como assim? Eu sempre achei a risada dela uma delícia, tão genuína e contagiante, gargalhadas raras hoje em dia, sem vergonha, sem pudor, com vontade. "Ela é incapaz de rir socialmente."

E ali, ainda no casamento de Paul e Malory, eu reparei como buscava me afastar dela quando alguém começava uma piada. Durante a história de Malory sobre como conheceu seu marido, eu mais me afligia do que me divertia. E quando eu vim a ter ingressos para uma peça de comédia, eu preferi convidar outra. Alguém capaz de "rir socialmente". 5 horas, 44 minutos.

Quando terminei de comer meu risoto, olhei em volta, buscando aquela mulher no fundo do salão. Ela já não estava lá. Lamentei a possibilidade de ter ido embora, mas depois amenizei minhas conjecturas. O lugar era grande, estava cheio... Se ela não estivesse no andar de baixo, poderia estar no banheiro. "Um minuto" foi tudo o que eu disse ao me levantar.

Lá embaixo, a música estava mais alta, e com mais mesas do que o de costume. Realmente, o pessoal ali estava mais animado, seja por efeito da música, do *curling*, ou da proximidade com a cozinha, que consequentemente deixava o fluxo de álcool mais constante. O jogo se aproximava do final, os três últimos lançamentos. Ainda das escadas, fitei o salão. Dentre tantas pessoas (de pé, ajoelhadas nas cadeiras, levantando os braços e abanando as mãos como se pudessem interferir no deslizar da pedra na TV), era improvável identificar alguém. Contudo, decidi dar uma volta, ouvir diferentes vozes perto de mim, quem sabe encontrar algum conhecido, sentir aquela energia que unia todos. A missão findante de Landmark II decretava que em toda a história da humanidade nunca nos sentimos tão terráqueos.

Junto ao balcão do bar eu a vi. Ela conversava com duas moças, provavelmente por volta dos vinte anos, que em nada pareciam ser suas amigas: aquelas que ela teria vindo encontrar, se é que veio encontrar amigas. Ela trazia numa das mãos, entre o indicador e o dedo médio e apoiado em seu polegar, um canudo preto que ela levava à boca de tempos em tempos.

Eu me aproximei, fingindo uma coincidência. "Pra que tanto alvoroço, não é mesmo?" Deixei que ela me notasse primeiro. Ela sorriu em reconhecimento. Para responder minha pergunta, ela apontou para o alto, para o monitor acima da decoração do bar. "*Curling*. Como não amar a visão de homens com vassouras?"

Ali me apresentei oficialmente, e em troca ouvi seu nome de seus próprios lábios. "Ele te mandou atrás da batata frita? Eu deveria me preocupar? Contratar um advogado?" Mabel brincou, olhando para os lados, ilustrando aflição.

"Paul? Até agora nem se deu conta. Seu segredo está a salvo."

"Paul..." ela repetiu, dando mais uma tragada imaginária no canudo. Seus olhos azuis, sob pálpebras azuis, encarando o infinito solto no ar. Pensei que ela aprendia o nome dele naquele momento e repetia para fixar em seu repertório. Agora, retomando nosso diálogo, eu vejo os sinais antes ocultos. Vejo minha parte na construção do labirinto que me aprisiona.

Já me tratando como amigo, ela sondou "Acha que eu deveria ir embora?"

Ó, garota solitária, deixe-me que lhe responda na terceira hora de nosso encontro, pois na primeira me faltam discernimento e informação. Deixe que essa noite acabe e os rios de Marte se encham de lágrimas arrependidas, pois agora tudo parece apenas belo. Deixe que eu apure o 'não' e o 'sim', as vidas que se desenrolam do poder de minha resposta, e se assim eu posso me guiar para uma realidade mais gentil. Despojando de meus erros, poderia, enfim, fazer o certo?

Eu respondi que a noite estava apenas começando, ignorando o fato de que na cozinha nossas sobremesas estavam em preparo.

"Paul não se importa? Tem certeza?"

Eu ri do absurdo de sua brincadeira ao perceber genuínas notas de preocupação. "Pff... Paul faz questão." Foi apenas uma batata no meio de várias. Conhecendo aquele grande coração, afirmo que se ele flagrasse o furto, ele iria perguntar se você não queria pegar um pouco do molho de gorgonzola junto.

Ela sorriu. Meu ego palpitou vitorioso. "Hoje não é uma noite para intrigas, apenas para celebração." Ela deu mais um trago e rebateu uma reprise: "Qual é a razão pra tanto alvoroço, afinal?" Eu abri os braços sem palavras e dei de ombros.

"Não, sério: o que estamos celebrando?"

Ora, não está evidente? A grande conquista humana, o mais longe que já chegamos. Há uma chama exploradora em nossa espécie, alimentada pela curiosidade. Uma herança, um instinto trazido de tempos nômades, em que símios vagavam a procura de outros grãos e outras frutas. A inquieta esperança de que lá, onde os sentidos não tocam, há um lugar melhor, destinado ao nosso conhecimento. E se antes caravelas desafiavam o limite atlântico e o limite pacífico, agora, foguetes enfrentam o infinito soberano. Somos um dos únicos vertebrados a sobreviver no espaço - ao lado de cães e chimpanzés - e o único a pisar em outro solo. Nós celebramos os feitos da cognição, o alcance do cérebro, o domínio da física e da matemática, o progresso tecnológico, a chave para desvendar o universo ou a vida. No mínimo, é o chamado 'marco do século' e uma boa desculpa para festejar.

"Sabe o que eles quase nunca falam na televisão? Que Marte tem duas luas: Fobos e Deimos. Medo e Pânico. Diga, como isso faz você se sentir?" Mabel girou seu canudo preto entre os dedos, e foi quando reparei que era uma caneta. Vi ali uma oportunidade para desviar o rumo do assunto.

Ela abdicou de seu tom pessimista para se animar com a explicação. Não, ela não era fumante. Na verdade, ela nunca tinha fumado. E devia muito àquele recurso que ela cultivava desde a juventude. Os filmes a fascinavam com o gestual do fumar, mas ela nunca suportou o cheiro, então aquilo a mantinha longe do cigarro, mais do que a promessa de boa saúde. "Eu devo ser meio loba. Meu olfato é muito sensível. Quer ver? Qual é o cheiro mais dominante que você pode sentir agora?" Respirei fundo. Nada. Fechei meus olhos e respirei fundo.

"Sinto cheiro de falácia." tive a liberdade de brincar. Ela riu, adorando aquela nova interação.

"Canela." declarou tranquila, enquanto tragava a ponta da caneta. Olhei ao redor, buscando confirmar seu nariz com meus olhos.

"Tá certo, Grenouille." provoquei. Então ela tocou o balcão com o indicador.

Parecia ansiosa. "Lee, qual lustra móveis vocês usam por aqui?" ela chamou o barman. Levei meu nariz até a madeira, buscando o odor discreto. Quando me reergui, vi o sujeito diante de mim com um *shot* de tequila. "Por conta da casa." ele olhou secamente para Mabel, que gargalhava. Diante da minha confusão, ela esclareceu a aposta. "Ele disse que daria um *shot* pra quem tocasse o balcão com o nariz, mas eu não podia falar nada. Desculpa." Genial.

Não fiquei ofendido. Na verdade, agradeci. Era a maneira mais inusitada de me oferecer um drink. E o barman dizendo que estava impressionado era com o meu olfato, que senti de imediato o 'cheiro de tratantada'.

A parte da caneta era verdade, ela dizia. O que na sua juventude alimentava uma postura *blasé*, na sua maturidade foi ressignificado em algo mais nobre. "Hoje, essa minha mania serve mais como um lembrete para respirar fundo."

Alguém chamou o nome dela, e ela se distraiu. Era um casal que tinha conhecido no início da noite e agora a chamava para sua mesa, querendo apresentar alguém. Ela se desculpou e prometeu subir para nos ver depois, antes que fôssemos embora, pois agora tinha que conhecer o cara, porque ele era primo de sei lá quem. Primo de alguém famoso talvez, pela empolgação dela.

Ela foi na ponta dos pés, abrindo caminho entre as cadeiras. A garota solitária que não conhecia ninguém... Mabel parecia conhecer o mundo todo. E talvez não seja apenas uma hipérbole, consideremos como uma verdade. Como se já conhecêssemos uns aos outros, todos nós, conectados por algo insensível até tomarmos consciência, no momento dos encontros. E no encontro, a gente concretiza essa ligação inerente a seres da mesma espécie. Que somos capazes de dar enquanto recebemos: a pele que toca é tocada ao tocar; os olhos veem e são vistos numa troca de olhar; os lábios beijam ao mesmo tempo em que são beijados. E todos os corações procuram se acalmar em uníssono, no mesmo ritmo, buscando sincronia universal.

Nossos caminhos já se cruzaram, apenas não era o momento de nos encontrarmos.

Minhas primeiras experiências com sexo envolvem Sabine. Eu tinha dezessete anos, e a gente se conheceu já no primeiro dia de Lusitana, quando eu ainda tinha quinze.

Alguém teve a ideia de fazer um amigo oculto de fotos sensuais, mas nada explícito, e chamaram de 'amigo íntimo'. A turma do Lusitana era pequena, vinte e duas pessoas. Assim, no nosso segundo ano, todos já estavam mais que entrosados. Só quatro pessoas ficaram hesitantes em participar da brincadeira.

Os dezoito envelopes com nossas fotos provocantes e autografadas foram passados de mão em mão, reunidos numa pastinha. Depois de escolher ao acaso, a gente podia ler o nome no verso, sem abrir, e decidir se ficaríamos com aquela foto ou se arriscaríamos uma única troca, irreversível, com outra pessoa igualmente insatisfeita com sua sorte. Decidimos não dividir as meninas dos meninos, ainda que estivesse em números iguais. É no mínimo curiosa a circunstância montada pelo destino. Que inicialmente tirei a Brenda e estava aceitando bem o resultado.

Mas quando me propuseram uma troca, achei instigante a possibilidade de tirar uma das garotas que realmente me atraíam ou confrontar com o risco de trocar por alguma garota morna, ou mesmo um cara.

"Não, juro que não é um cara. Eu acho mesmo que você vai gostar. Confia." Então, peguei o envelope, selando aquela foto só para meus olhos, minha amiga íntima.

"Quem você tirou?" Tina veio me perguntar.

"Ainda não vi. Só vou abrir em casa."

"Sei..." ela duvidou.

E ela? Quem tinha tirado e protegido ferrenhamente contra qualquer tentativa de troca?

"É segredo" ela se curvou, batendo o indicador contra os lábios e protegendo o envelope contra o peito.

"Sou eu." blefei.

"Claro que é você, meu Benzinho!" ela me olhou dos pés à cabeça e da cabeça aos pés, mordendo o lábio inferior.

Em casa, antes de ler o nome, quis conhecer o resultado pela foto. E lá estava ela. Sentada no batente de madeira de uma janela. Ao fundo, apenas luz e o desfoque em folhas escuras, deformadas em manchas. O céu branco num gozo outonal, e seu ombro desnudo. A camiseta larga revelando um palmo de ombro. O joelho erguido à sua frente, dando força a toda aquela coxa que se curvava suavemente, escorrendo luz e sombra. E o perfil de sua perna denunciava que ela veste a camisa. E apenas a camisa. São os detalhes. Os três sinais que ela traz alinhados no braço, o jeito que o sol avermelha o contorno de seus cabelos. A mecha que cobre seu olho esquerdo, o penteado desleixado de quem se desarrumou no sono ou na falta dele. A forma de seus seios se delineando sob o tecido. E aquele olhar magnético, impiedoso. Meu sangue se redistribuiu no meu corpo. Sabine. Íntima.

No dia seguinte, ela chegou ao meu lado balançando a cabeça e batendo uma palma insonora. "Caramba, Benza... Você, hein? Que saúde!" Ali eu soube que Tina estava mesmo brincando e minha foto tinha, por uma peripécia da vida, caído nas mãos da Sabine. E se antes viera discretamente me elogiar, aos poucos foi escancarando com naturalidade que se masturbava com minha foto. Quanto a mim, ficou difícil esconder a reciprocidade do resultado, tendo em vista a troca que fiz. Mas também não me importei do meu colega ter comentado, tendo a discrição derrotada pela empolgação de uma coincidência. Além de mim e Sabine, apenas mais um casal se formou com as fotos, mas todo mundo desconfiava de armação, porque os dois já eram, digamos, íntimos desde o início do ano.

No Lusitana as aulas eram, na maioria das vezes, ministradas em uma roda. E mais de uma vez eu via Sabine oposta a mim, me olhando aqui e ali, entre um tópico e outro, uma discussão e outra. Eu gostava de perder meu foco com ela e flertar nos olhares secretos. "Se peguem logo, vocês dois."

Nas aulas ao ar livre, nós sempre dávamos um jeito de ficar próximos. Às vezes, ela apoiava o braço no meu ombro. Às vezes, eu segurava o bolso dela com meu indicador.

Então, numa sexta de manhã ela me chamou pra passar na casa dela depois da aula, para ver um filme, trocar ideias, colorir livros de colorir. Mas eu sabia, e ela sabia, que tínhamos outros planos na companhia um do outro. "Vai lá em casa, meus pais viajaram, a gente pode ver um filme, sei lá."

Ficamos sem jeito de comprar preservativos, então pegamos junto com uma pilha de chocolates e salgadinhos. No ônibus pra casa dela veio a justificativa, como para se convencer de que não fazia nada de errado. "Ah, é isso aí. Uma hora a gente vai ter que fazer. E eu tô tranquila de ser com você. A gente é amigo e tal, eu confio em você, a gente se dá bem..."

Eu também me sentia bem à vontade, já tinha uma intimidade bem ensaiada do corpo dela na minha libido. O cheiro de xampu, as mãos quentes nos meus braços, os dedos dos pés contraídos.

Sabine provocou em mim o sonho de Tina. E depois me ajudou a me manter longe de Tina. Mas ainda não é o momento de entrar nesses méritos. Sobre Sabine, convém narrar como nossos caminhos se cruzaram bem antes da gente se conhecer.

No prédio do Marcel havia uma grande piscina quadrada. E era ali que gastávamos nossos dias mais quentes. Os seis Azarados, que na verdade eram sete - se contarmos Lean, que vez ou outra aparecia - assim como os três mosqueteiros são quatro.

Naquele dia ele não estava. Tampouco Tina. Testemunharam meus infortúnios através de relatos hiperbólicos. Mas aqui manterei uma sobriedade clínica, poupando adjetivos para a percepção de Sabine.

A gente batizou a brincadeira de 'trotebol'. Não era jogado em equipes, portanto, a falta de Tina e Lean não impediu uma partida. Era um contra todos e todos contra um. Vamos às regras:

O jogador que vai pontuar se posiciona à esquerda da escadinha, equipado com uma boia macarrão. Até aí, tudo se assemelha a uma partida de *softball*, com a bola - de borracha, do cachorro de Marcel - sendo lançada de baixo para cima para que, em até três tentativas, o pontuador a rebata para dentro da piscina.

Enquanto o resto dos jogadores (posicionados livremente na água) recuperam a bola, o pontuador contorna a piscina, somando um ponto por quina. Seu turno termina quando lhe acertam com a bola.

Claro que eram raras as vezes em que se acertava no primeiro ataque. Alguém tinha que sair da água às pressas para recuperar a bola e devolvê-la aos companheiros, já que não era permitido atacar o pontuador de fora da piscina. Isso dava a chance de trotar ainda mais longe, marcando mais pontos.

O divertido mesmo era combinar nossos pés molhados com o piso de pedra. Os tombos e escorregões eram inevitáveis e, por vezes, até desejáveis para evitar o ataque da bola. E toda aquela pressa misturada com cautela tinha apelo de nos ocupar e desafiar até que todos nossos dedos ficassem enrugados, inclusive os dos pés. Garotos indômitos, recreando-se com o perigo de se machucarem.

A maior parte do impacto se dissipou no meu antebraço, mas senti a dor primeiro no meu punho, bem abaixo do dedo mínimo. Permaneci sentado, com uma careta fixa, segurando com firmeza a lateral da minha mão.

"Cortou?" Bispo reparou o sangue colorindo o piso molhado.

"Acho que quebrou." declarei, clínico.

"É, quebrou sim." Dook cravou. Os outros questionaram como ele chegara àquela conclusão. "Olha o osso…" ele apontou de forma quase cômica. Foi uma fratura na ulna, no terço médio. Uma fratura espiral. Fratura exposta. E ainda uma luxação carpo-metacárpica, que de uma forma inesperada doía mais do que o osso atravessando minha pele.

Como já mencionado, isso tinha o potencial de me tirar das pistas por todas as férias. Mas ainda assim, lá estava eu sobre um skate e com o braço engessado, causando arrepios em Tina e amansando meu quase-ciúme com sua preocupação.

Na nossa segunda ou terceira união, Sabine e eu trocávamos histórias sobre nossas cicatrizes enquanto explorávamos a nudez de nós dois. Quando seus dedos chegaram ao meu antebraço, eu narrei resumidamente o episódio da lesão.

"Mentira! Era você o garoto com o braço ferrado?!"

É que naquela época, Sabine ainda morava no mesmo prédio que Marcel. Ela voltava com a mãe depois de fazer compras e então viu um garoto passando apressado rumo a portaria. Seu braço pendendo num ângulo estranho, a pele reluzindo sangrenta, trespassada de dentro para fora, roxa, túrgida, franzida como um lençol grosso. Algo amarelado que ela não soube o que era, estilhaçado como uma lança de múltiplas pontas, prometendo dor e descanso. O sangue escarlate escorria pelos dedos abatidos e gotejavam no chão como torpedos de dez toneladas. Explodiam na pedra, formando padrões perturbadores de pequenos sóis. A área da piscina parecia uma cena de crime, só faltavam os fotógrafos e a faixa amarela do FBI.

Eu havia causado um grande impacto naquela garota que eu sequer tinha reparado. Quase cinco anos depois estaríamos dividindo um colchão de solteiro, dentre outras coisas. Nossas histórias já haviam se tocado, mas ainda não era o momento de nos conhecermos.

Sabine contou que aquelas cenas lhe deram os piores pesadelos durante semanas. E que alguns dias depois apareceu um aviso na área de lazer proibindo correr próximo à piscina. 5 horas, 20 minutos.

Quando voltei para a mesa, a encontrei com quatro lugares vazios além do meu. A partida de *curling* já havia terminado e a tela exibia um especial sobre a missão e correspondentes, por todo o mundo, reportando a comoção que se intensificava e os eventos previstos para celebrar o pouso. Amanhecia na Armênia e em Oman. A alvorada nunca vira tamanho movimento nas ruas. "Mostrou o relógio que eles fizeram em Dubai. É Marte e uma navezinha estimando a distância de Landmark II. É um holograma em alta resolução. Muito legal!" Corina percebeu que eu mirava a TV. Ela terminava sua sobremesa, algum tipo de torta ou *cheesecake*. Biky e Rup também finalizavam seus doces. O dela, um crepe com sorvete. O dele, alguma coisa que, pelos sinais do prato, levava calda de chocolate. O resto do pessoal, eles disseram, estava jogando dardos.

Eu também pedi uma sobremesa. Um *brownie* com massa de *cookie* e creme de coco. Rup me falava de seus filhos, que o de onze estava numa festa com os amigos e o de seis já devia estar dormindo, sob a tutela da prima. "Ela se disponibilizou para ser a babá por essa noite. Mas só até às dez horas, no máximo. Ela vai ver o pouso do alto da serra."

"É mesmo? Biky também tem ingresso, não é, Bi?" levei o assunto até ela.

"O quê? Pro Observatório? Eu não. Foi-se o tempo em que eu tinha energia pra essas coisas. Um cara do trabalho me ofereceu, mas..."

O casal se assustou. Aqueles ingressos deveriam estar no topo das *commodities* na noite de hoje. "Deve valer mais que ouro! Podia ter aceitado e vendido. Já pagava todo nosso jantar."

"Benz, ele me convidou pra ir com ele. Não foi o caso de me oferecer o ingresso assim na mão."

"Ah, a velha tática do ingresso sobrando." Rup provocou, piscando pra mim.

"Aluno seu, Benz?" Corina engrenou na linha do marido.

"Pois então aí sim deveria ter ido." sugeri com malícia.

"Talvez, se ele não trabalhasse comigo. Tenho receio dele querer algo mais sério e não conseguir lidar bem com meu... estilo de vida." Com isso, ela queria dizer sua indisposição para outro casamento. "Porque, francamente, nessa idade a carga que a pessoa traz do passado é tão intensa que me falta paciência para conciliar."

Corina concordou, com o olhar distante "Realmente. A essa altura é difícil encontrar alguém sem filhos ou sem um ex-cônjuge. Por outro lado, imagino que a compensação é já terem uma carreira consolidada."

"Caramba! Vocês falam com uma praticidade que chega a preocupar."

"Rup, Eros morreu na virada do milênio. Olha só essas crianças. Dá uma olhada lá embaixo e me diga. Eles se envolvem e se afastam assim." Biky estalou os dedos. "Não sei se é por tentar demais ou por não tentar de forma alguma. Modernidade líquida, meu caro. São todos voláteis demais para solidificar qualquer base para aquilo que chamamos de amor. Hoje, amor é coisa de criança, de quem nunca experimentou a dor, a verdadeira dor. Coisa de quem ama sem saber o que é amor."

Lembro de ter lido em algum lugar que se você tem mais de vinte e sete anos, a chance de você já ter encontrado o amor da sua vida é de noventa por cento ou até mais. Noventa e cinco? Noventa e nove? Não sei ao certo. Algo perto de cem. Então, acho que concordo com Biky. Depois dos anos sem rugas já não vale a pena procurar por algo que inexiste. Aos quarenta chega a ser ingênuo querer casar por amor ou não medir relacionamentos em termos práticos.

"Se ao menos eu soubesse ou tivesse a garantia de que foi um convite amigável, que ele só queria companhia pra não parecer um solteirão. Existe isso? Existe algum cara que se aproxima de uma mulher no intuito de fazer amigos?"

Rup deu de ombros, enquanto eu e Corina nos apressamos em cravar um firme "não".

Eu fui além, expondo o óbvio. "Não existe amizade entre homem e mulher." Os protestos foram tão efusivos que sobressaíram ao burburinho do salão. E quem passava na rua naquele momento também pôde ouvir a nota tônica daquele nicho social.

Sim. E repito. E amansei a polêmica com minha lógica.

"Que seja um problema vernacular, então. Não é possível que surja entre um homem e uma mulher a relação de estrita amizade. Pode haver um relacionamento afetuoso e cordial, claro. Mas não é amizade. É outra coisa."

"Todo homem é a fim de toda mulher, então?" Biky contestou.

"Claro que não. É completamente possível criar laços íntimos com alguém sem que haja atração (embora eu não veja o porquê). Mas aí não é amizade, é outra coisa."

"Que outra coisa? Amor platônico?"

"Não sei. Pode ser..." deixei em aberto. Corina veio em meu auxílio:

"Acho que entendi seu ponto. O que ele quer dizer, Biky, é que o termo amizade é exclusivo para pessoas do mesmo sexo. Um relacionamento de amizade entre sexos diferentes é aquilo que chamamos de namoro ou casamento, enfim, leva a um contexto romântico. Amizade, o equivalente a amizade entre homem e mulher deveria ter outro nome para diferenciar... Por exemplo... sei lá..."

"Já sei! Que tal amizade-entre-homem-e-mulher?" Biky atuava, divertida. Importante ressaltar o tom da discussão, sempre leve e diplomática. Não receba agressividade dos questionamentos, pois nunca houve.

"Não, Cora, não é exatamente assim que eu vejo. É por aí, mas não é bem isso. Primeiro que não é o termo amizade, é o sentimento, é a dinâmica. Homens e mulheres, garotos e garotas, meninos e meninas, rapazes e moças, senhoras e senhores, XX e XY, Marte e Vênus, Yin e Yang, nunca terão afinidade o suficiente para ficarem amigos. A gente simplesmente não pensa igual, não funciona nas mesmas vertentes."

"Mas aí você se confunde. Yin e Yang se complementam." Rup contribuiu.

"Eles se complementam, mas não são a mesma coisa." Corina ajudou meu argumento.

"Exatamente. A mulher tem aquilo que falta ao homem e o homem aquilo que falta à mulher. Amizade é quando a gente encontra semelhança, algo que eu tenho e que você tem."

"Entendi... Mas olha aqui." Mabel chegou por trás de mim, se debruçando sobre a mesa. Ela, pelo jeito, pescara as últimas falas e já mergulhou no assunto. Destampou sua caneta e puxou um guardanapo. Habilmente, riscou o símbolo oriental.

"Você se esquece das bolinhas. Há uma semente de Yin no Yang e uma semente de Yang no Yin. Eu tenho um toque de você e você tem algo de mim."

Faltaram argumentos para eu continuar prontamente.

"Obrigada!" Biky virou a palma da mão pra cima num gesto como se pegasse a fala de Mabel e mostrasse na minha cara com um 'aí está'.

Foi só depois, bem depois, na varanda da cobertura de Shylah, que eu questionei se esse "toque de Yin" e esse "algo de Yang" é capaz de gerar uma amizade. Ou se é apenas aquele calor no peito que em muitos casos confundimos com uma amizade.

Na segunda ou na terceira vez que nos unimos, Sabine regou a semente de dúvida que eu nem sabia que existia em mim.

"Quem diria que aquele sorteio de amigo íntimo nos custaria a virgindade. Quando você trocou o envelope, quem você tinha tirado antes, de primeira?"

"Brenda." respondi sem rodeios.

"Uau! Brenda? Poucos abririam mão. Mas eu entendo seus motivos. Você estava querendo a Tina, não é? Trocou achando que seria ela."

Não. Nem pensei nisso. Aliás, se eu tirasse a Tina de primeira, provavelmente tentaria trocar.

"Ah tá, Benz, contra outra. Todo mundo sabe que vocês ficam juntos no final. Tá na cara."

Senti meu coração palpitar enquanto a semente se rompia em mim, germinando numa delicadeza microscópica.

"Sabe, quando eu vi que tinha tirado você, fui até a Tina propor uma troca. "Aqui, Tina, eu saí com ele." ela tinha a atitude de alguém que devolve um objeto pego por engano.

"Ele?" Tina indagou confusa.

Sabine mostrou o meu nome no envelope.

"Vocês não estão mais juntos?" agora era ela quem ficava confusa. Tina riu.

"Nunca estivemos. Pode ficar. Não troco o meu por nada."

"Tem certeza? Eu troco sem problemas, se você quiser."

Tina pareceu cogitar. Ela hesitou por dois segundos e umedeceu os lábios, à maneira dos que não têm certeza. Sabine me contou que ali ela reconheceu uma pontada de ciúme nos olhos de Tina.

"Sassa, o Benz eu conheço de cima a baixo. Esse daqui eu nunca vi." ela levantou seu envelope, escondendo a face que trazia o nome.

"Então tá bom!" Sabine se convenceu e se virou, saltitando para que a culpa se soltasse de sua pele.

Todo mundo se ocupava em guardar os cadernos, alguns davam uma rápida espiada nas fotos que ganharam e logo guardavam para não atrair curiosos. Eu nem ao menos li o nome no meu envelope. Fechei a mochila e a joguei nas costas. No meio dos colegas que deixavam a sala, não reparei Tina olhando para mim.

"Sassa, aliás..." ela chamou num impulso. No tempo de um fôlego ela se acovardou. Um toque de mim. Algo de você. "Nada não. Deixa pra lá."

5:

Quando minha sobremesa chegou, a amante já estava sentada ao meu lado, agindo como parte do grupo. Uma daquelas pessoas que chegam no meio de um assunto e pergunta sem cerimônia sobre o que estão conversando. Quando minha sobremesa chegou, a amante se interessou e pressionou o botão na mesa que chamava o garçom. Ela o tratou pelo nome - claro - e pediu o mesmo que eu.

"Eu acho que a gente já tem que ir... Ficamos de voltar às dez." Corina se desculpou.

"Tão cedo!? Não vão esperar o pouso?" Mabel parecia lamentar de verdade, como se fizesse questão da presença do casal. Mabel lamentaria se qualquer pessoa ali no *The Bluesman* tivesse que ir embora.

"É pra liberar nossa sobrinha que ficou de babá." Rup explicou. "Vamos ver o pouso na TV lá de casa mesmo."

Eu imagino que se Paul, Sandquist, Martin e Justine estivessem conosco naquele momento ao invés de Mabel, aquilo seria a deixa para pedirmos a conta e irmos todos. Sandquist ligaria para London e constataria que ainda estava ocupada. Paul talvez fosse pra casa da irmã ou qualquer outra mentira que o tirasse de cena.

Eu convidaria então os remanescentes para assistir no conforto de meu sofá e minha TV de cento e vinte polegadas. E ficaríamos nós cinco, bebendo champanhe e ouvindo Cocker, Bonamassa, Clapton e Waits por cinco horas, até Landmark II enfim descansar. Justine estaria gritando pela janela e Martin dançaria com os olhos fechados. Sandquist estaria procurando algo na cozinha para servir, e eu estaria assistindo a cobertura do acontecimento, com Biky adormecida ao meu lado e seus pés pressionando minha coxa.

Então abaixaríamos o volume da TV e desligaríamos a música. Todos nos sentaríamos ao redor da mesa de centro e conversaríamos ao degustar algum queijo ou salgadinho encontrado por Sandquist. Enfim, talvez meia hora mais tarde, o casal iria se despedir, após Martin constatar o sono de Justine. Sandquist ficaria e iria filosofar até às três da manhã, quando London ligaria querendo vê-lo. E sem conseguir acordar Biky, eu pegaria um cobertor pra ela, deixaria um copo d'água sobre a mesa e o abajur da entrada aceso. Uma última olhada nas festividades transmitidas antes do silêncio do televisor.

Então, no meu quarto, eu adormeceria rapidamente, sem pensar em nada, sem sentir nada.

"E vocês? Depois daqui vão pra onde?" Mabel se referia a mim e Biky, que no momento éramos também porta-vozes dos que ali não estavam. Fiquei curioso se ela teria alguma sugestão, por isso me atrevi a responder que nossos planos estavam em aberto.

Ela queria ficar na Praça Grande, ver o último grão de areia cair, acompanhar o pouso através de sua face abstrata. Achei genial à sua própria maneira. A ampulheta vazia não seria transmitida em canal algum.

Corina e Rup se despediram, deixaram uma grana pra ajudar na conta e foram atrás dos outros para também dar tchau.

"E então, Biky?" quis saber.

"A Praça parece uma boa ideia. Vamos esperar o pessoal chegar e aí pedimos a conta. Vai ser legal ver o movimento pessoalmente e não pela TV."

"Definitivamente. Está bonito de ver. Parece que as pessoas estavam carentes de algum evento, algo grande. Já temos gerações que viveram sem um motivo de empolgação."

Mabel entortou a cabeça e encolheu os ombros.

"Embora algumas pessoas não considerem um motivo justo." adiantei-me à sua queixa. Biky imediatamente ligou uma coisa a outra, incrédula. Ela questionou Mabel quanto a importância do momento.

"Eu não nego que seja algo grandioso. Claro que é um marco. O que eu questiono é se é mesmo algo pra festejar assim, como se fosse nossa salvação. O mundo fez menos alarde com o fim da Guerra Fria. O planeta esteve a ponto de explodir, e o alívio da trégua não empolgou tanto quanto agora. E agora é o que? O que vinha nos assustando mais do que a bomba atômica? Que angústia era essa que assombrava mais do que a total aniquilação da vida terrestre?"

"Terráquea. Terrestre seriam apenas os que vivem em terra firme. Uma guerra nuclear certamente teria consequências pra vida marinha também." Biky corrigiu, daquele jeito irritante.

"Viu que coisa mais especial? Nunca usamos tanto o termo "terráqueo" como nessa última semana. Landmark II veio trazer uma consciência planetária." observei, mas não acho que fui levado a sério.

"Você tem andado muito com o Paul, hein? Falou exatamente como ele falaria." Biky provocou meu lapso neorromântico. Ali eu perdi mais uma pista que agora veio a fazer sentido: o jeito que Mabel riu, como se conhecesse Paul o bastante para concordar com Biky. Na hora, achei que apenas tentava ser simpática, fingindo pegar a referência desconhecida.

"Mas é isso, Benz," ela continuou. "Acho que é bem isso o que você falou antes: as pessoas estão carentes de acontecimentos. Guerras evitadas ou guerras encerradas não empolgam mais, parecem comuns. Doenças erradicadas não geram feriados. A gente precisa de algo fútil, realmente fútil para enganchar nesse vazio universal."

"A conquista de Marte é futilidade? Pra mim é algo bem impressionante." Biky se intrigava com as ideias que fluíam naquela mulher misteriosa.

"De novo, não digo que não é impressionante. Mas existe aí uma armadilha, um vício, um alerta... um lado preocupante disso tudo que ninguém..."

Uma voz poderosa interrompeu Mabel. Sandquist, que veio liderando o resto do pessoal, findado o jogo de dardos. "Moça bonita, onde estão seus amigos?"

"Do que você está falando? Vocês são meus amigos!" ela enfatizou o sujeito em sua oração. Vocês. Uma lisonja brincalhona de que ela teria ido ao *The Bluesman* apenas no intuito de nos encontrar. Mas afinal, era verdadeira. Não por causa de Paul, mas porque Mabel é mesmo uma antropofílica e considera a humanidade como seu mais estimado círculo de amigos.

Não reparei na expressão de Paul no momento em que viu Mabel sentada à nossa mesa. Ah, como eu queria ter reparado... Teria sido terror? Raiva? Afeto? Alegria? Nostalgia? Teria sido qualquer olhar revelador? Porque antes de disfarçar qualquer emoção, Paul deixa transparecer por dois segundos, de acordo com sua esposa. "Ele é legível demais para dissimular, pelo menos de imediato." Sim, disso eu sei bem. O que é difícil desvendar em Paul é o motivo por trás da emoção.

Ano passado Paul teve uma crise de melancolia, e isso acabava com Malory. Ele insistia que estava tudo bem, que apenas estava cansado. Mas Malory via nessa falta de diálogo um distanciamento, um sinal de desconfiança que ela não suportava. "Eu só quero ajudá-lo, Benz, só quero vê-lo feliz. Mas eu não consigo fazê-lo feliz. Não mais."

Eu tentava tranquilizá-la, dizia que era mesmo cansaço, para ela confiar nele e não se preocupar. Bem o contrário de minhas suspeitas: a crise dos sete anos, quando o amor é posto à prova, quando as afinidades passam a ser menores que as diferenças.

Mas que obrigação é essa de fazer o outro feliz, afinal? Chegamos com nossa garrafa vazia, suplicando pelo elixir do outro. A ideia absurda de que o casamento unifica duas pessoas, quando na realidade ainda serão duas pessoas em suas jornadas individuais, com diferentes anseios e fomes. E cabe apenas a nós mesmos satisfazer essa fome, sem responsabilizar outro alguém, esperando que nos dê na boca, exigindo que nos alimente. Duas almas que escolheram viver suas jornadas individuais na companhia uma da outra, cada uma com sua garrafa intransferível, bebendo da felicidade que nutre apenas seu sangue e de mais ninguém.

Na época, eu conversei com Paul e consegui tirar dele um pouco de sinceridade. Ele disse que, por algum motivo, pensava na talzinha, o seu primeiro amor eterno, seu bumerangue, e se perguntava como teria sido.

Concluí então, claro, que ele não estava feliz com Malory. Como diria Francesca: que reviravolta! A nossa geração iludida não está pronta para conhecer o cemitério de finais felizes. Paul e Malory se casaram e foram felizes (para sempre) por um tempo. Pois tem que ser dessa forma e de nenhuma outra. Toda felicidade precisa ser para sempre. O príncipe e a princesa não têm problemas conjugais, não têm amantes, nem arrependimentos, nem aquele "como teria sido". Mas isso, meus caros, é a maior farsa da literatura ou o maior engano de autores desavisados. É apenas porque a história termina ali, no casamento, no amor que tudo salva, mas se prosseguisse num epílogo, veríamos a verdadeira natureza desse amor perene. Esse amor que, na mão de todo humano, é amortal.

Para que o final seja feliz, por definição não pode haver margem para infelicidades. Por isso, não convém um mero 'eles se casaram. Fim', nem mesmo um 'eles se casaram e foram felizes'. Toda felicidade precisa ser para sempre, caso contrário se torna a raiz de uma tristeza.

Foi nessa época que eu estive mais próximo de Malory, e, devo dizer, isso me incomodou bastante. Ela confiava no meu julgamento e discrição quando se tratava de seus conflitos com Paul, e me deixava numa posição desconfortável com seus 'ele falou alguma coisa?'. Como eu poderia ser o espião da Ninja se Paul nada mais falava sobre sua apatia? E eu poderia ficar em paz com minha consciência por não enganar Malory ao dizer que não sabia. Se ao menos ele conversasse comigo, Malory... Mas mantém suas respostas vagas, variações de 'estou cansado' ou 'estou pensativo'.

"Ele deve estar deprimido." Sandquist opinava, também reparando na mudança de Paul.

"É só uma crise. A crise dos sete anos. Não é, Cora?" Biky buscava confirmação e Corina exagerava.

"Comigo e Ruppert não foi a crise dos sete anos. Foram sete anos de crise!" Depois, falando sério ela atestava que era uma coisa da idade. Justine que dissertava sobre lobos:

"Ele fez quarenta esse ano, não foi?"

"E como a Ninja está, como tem lidado?" Rup perguntou para mim, diretamente para mim, deixando bem evidente que não era uma questão jogada a quem pudesse responder. Com isso, eu tomei uma decisão diante do meu desconforto. Não era nada apropriado a afinidade que Malory vinha construindo comigo. Mais ainda, não era aceitável um homem se aproximar de uma mulher comprometida.

"Não sei. Por que você não pergunta pra ela?"

"Pensei que vocês estavam amigos..." Justine.

"A Malory é muito carente, ela precisa de um confidente, um fiel escudeiro." Biky soltou, de forma inconveniente.

"Eu acho que ela tem que ficar tranquila quanto a isso. A gente sabe que o Paul é doido por ela. Ele só precisa de espaço, um tempo pra ele." Corina.

"Gente, todo mundo tem seus segredos, pensamentos privados. Ela mesma deve ter coisas que não fala pro Paul." Martin.

"Quanto mais ela cobrar atenção do marido, mais ele vai se afastar..." Sandquist com pose de intelectual.

E eu só queria mudar de assunto.

Parei de atender Malory. Por três vezes que ela me ligou eu ignorei. Da quarta vez, eu atendi e inventei um motivo que me ocupava. "Ligo mais tarde, pode ser?" E nunca liguei.

Ela até chegou a me mandar um e-mail, dois parágrafos me falando sobre o ensaio que a revista Reccon pediu pra ela escrever falando sobre reconstrução cultural. Encorajava-me a falar também sobre o que tomava meu tempo ultimamente. "Estou sempre falando do meu trabalho. E você? Me conta mais da fábrica." ela escreveu. Uniformes, Malory. Não há nada de fascinante em confeccionar uniformes. Ainda assim, ninguém nunca havia se interessado antes pelo meu ofício. Respondi o e-mail em três linhas, culpado pela injustiça que cometia.

Antes de ser mal interpretado, logo explico: nunca fui avesso à Malory. Pelo menos nunca depois do casamento. De verdade, a considero uma ótima companhia e parte do grupo. Depois do boliche, ela se soltou cada vez mais e se tornou cada vez mais presente. Ela convidava a gente para noites de *fondue*, jogos e músicas no seu gramofone. E sempre que via um deque de cartas, fazia uma mágica tão bem executada que mesmo depois de observar atentamente por três, quatro, às vezes cinco vezes, não dava pra descobrir o truque. "Não é truque, é mágica."

Um dia ela me disse que se tivesse poderes mágicos, ficaria famosa como a maior mágica de rua do mundo. Que todo mundo aceita ilusionistas como fazedores de truques, mas ela adora a perspectiva de serem legitimamente seres mágicos. Antes eram sacerdotes, depois eram hereges e hoje em dia são celebridades.

O engraçado de Malory era que ela não conseguia manter a ilusão por muito tempo. Bastava insistir um pouco que ela revelava o segredo. A gente embaralhava dois deques para jogar *Spoons*, e então vinha Malory: "Pega uma carta."

Pego. É um sete de paus. "Agora, segura firme assim, entre as mãos." Eu junto uma mão à outra, em forma de prece. "Just, me ajuda a adivinhar. Fala um número." Justine pensa por um segundo e palpita: dois. "Paul, um naipe." De imediato, ele crava: "Copas". "Ben. É um dois de copas?" Malory parece insegura.

Não. É um sete de paus. "Estranho... Porque o sete de paus..." ela mostra o fundo do deque em suas mãos, a última carta. É certo que aquele arcano é a duplicata esperada na mistura de dois baralhos.

Já é impressionante o bastante ela adivinhar minha carta e posicionar sua equivalente no fundo. Mas o truque - digo, a mágica - ainda não acabou.

Quando eu separo minhas mãos e devolvo a carta que estava comigo, não noto o relance vermelho entre meus dedos. "Dois de copas!" quem denuncia é Justine, com um certo orgulho na voz. Ela oferece a mão aberta para Paul bater, como se juntos tivessem acertado minha carta. Eu protesto, insisto que era um sete de paus. Malory embaralha o deque rapidamente, com um belo sorriso de triunfo.

(A revelação, por mais fascinante que seja, não convém narrar aqui, simplesmente por ser impossível explicar só com palavras; é preciso mostrar.)

E teve aquele presente que ela me trouxe, sem pretexto que não o de legítimo interesse pelo seu ofício. Deve ter sido na segunda vez que nos encontramos. Eu estava sentado ao lado dela na mesa, e Paul - ainda bancando o porta-voz - mencionou alguma escavação recente na qual ela trabalhara. Eu a instigava a detalhar os artefatos no seu currículo. "E armas? Flecha, lança, faca..." quis saber.

"Já, claro." ela resumiu.

"Ponta de flecha é mais comum do que você pensa. Qualquer pessoa que já fez uma trilha já cruzou com umas cinco, no mínimo, só não se atentou." Paul completou.

Minha empolgação a inspirou a embrulhar uma de suas várias e me presentear, já que todo dia é aniversário de algum evento vivido, apenas não atentado. E todo motivo é um bom motivo para comemorar.

E daqui do sofá eu posso ver na prateleira a ponta de flecha sobre uma armação de bronze que encomendei para elevar a obra de nossas origens, que tanto nutriu um clã inteiro.

Faltando 4 horas e 42 minutos, fechamos nossa conta no *The Bluesman* com o apertar de um botão. O garçom respondeu ao sinal, e menos de cinco minutos depois Sandquist estava conferindo a nota. Mabel raspava freneticamente o prato com sua colher, recolhendo inconformada os últimos resquícios de sua sobremesa. Ela não esperou o final da conferência e já lançou sobre a mesa uma nota de vinte dólares. "Minha parte". Haviam incluído a sobremesa dela na nossa conta, assumindo que ela integrava o grupo. E naquele momento, ela de fato integrava. Devolvi a cédula, oferecendo minha cortesia. "Fica pelo *shot* que você me arranjou mais cedo."

Acho que foi nesse momento que perdi o controle da situação, que Paul quis saber mais dessa história e ela engajou uma conversa de quase dez minutos. Ao mesmo tempo, Sandquist demonstrou dificuldades em subtrair e dividir, e eu fui socorrê-lo com a matemática da conta.

Em frente ao *The Bluesman* havia também uma pequena multidão, fosse aguardando uma mesa, fosse atraída pelo movimento. Um rapaz de cabelos vermelhos trajava uma armadura romana e uma vistosa espada de plástico. Ele dizia estar fantasiado de Marte, o deus da guerra e era uma atração por si só: fazia poses, tirava fotos com pessoas, atuava e citava Sun Tzu. A noite estava indiscutivelmente agradável, a temperatura não agredia a pele para nenhum dos polos do termômetro e o céu estava livre de nuvens. Foi apenas ao sair que percebi como estava quente lá dentro.

"Nós vamos num carro só?" Justine trabalhava na logística, contando as cabeças do grupo. Ela, Martin, Sandquist, eu, Paul, Mabel e Biky. Paul foi resistente quanto a apertar cinco no banco de trás, e eu reforcei o desconforto. Eu e ele já tivemos nossa cota de 'sardinhas' na época da faculdade Quando conheci Paul, no segundo semestre, um amigo em comum era o único que tinha carro e nos dirigia pra cima e pra baixo no campus, junto com mais nove colegas com preguiça de andar dois quilômetros e meio. "Justine pode ir na frente comigo, ela é pequena…" Biky propôs.

"Gente, são cinco quadras, vamos andando." Sandquist tentou. Mabel tomou seu partido, que era isso mesmo que ela tinha imaginado, ir a pé. Eu confesso que a ideia me agradou. A única a se opor com veemência foi Biky, pensando na volta. Só conseguimos convencê-la oferecendo pagar um táxi para ela voltar. Martin aceitou sem barganha, apenas com insistência. Bancando o rabugento, ele reclamava que "andar a pé era coisa de gente sem carro."

Isso me faz pensar nas 'sardinhas' da faculdade, mas também me faz refletir em como a idade nos tornou menos dispostos, ao ponto de transformar quinhentos metros em uma jornada tão longa que nossos pés rejeitam. Eu fiquei surpreso conosco ao notar que de fato nos afastávamos do *The Bluesman* com a chave do carro dentro do bolso. Jamais poderia sequer fantasiar para onde aquela curta caminhada nos levaria.

"Olha! Etês!" Mabel apontava para Paul. Um grupo de quatro pessoas vinha andando na calçada oposta, todas enfeitadas com máscaras do clássico homenzinho verde. "As pessoas não sabem se tá mais pra *Halloween* ou mais pra Ano-Novo."

O nosso primeiro feriado espacial, condutas e costumes em formação. Promessas de nova era eram feitas, brincadeiras e fantasias. Um estupor de festejos, cores, música, dança e criação. A contagem regressiva nos induziu às celebrações de Ano-Novo e o mistério e misticismo trouxeram toques de *Halloween*. Era como a chegada de um novo milênio, ou como se o dinheiro não tivesse mais valor, ou como a morte de um rei tirano. Como novidade. Como mudança.

Mabel conduzia uma fila com Paul, Justine e Sandquist sobre o meio fio, se equilibrando numa corda bamba de concreto. Outras três pessoas, ligeiramente mais jovens, os seguiram, aumentando a fila durante alguns metros. Uma dupla de músicos vinha na direção oposta, ele com um violino e ela com um pandeiro e sua voz, despejando arte e ritmo entre os pedestres animados. Mabel tirou Paul do meio fio para dançar com ela num movimento perfeitamente natural, levando-me a crer que se o segundo da fila fosse outro, a atitude seria a mesma.

Passamos por uma banquinha de bebidas quentes. Uma tela passava o drama americano 'O Quarto Planeta', grande sucesso de bilheteria do ano passado. Eu mesmo já assisti três vezes, e é difícil encontrar quem assistiu apenas uma. A tela exibia também uma pequena intervenção no lado oposto da logo da HBO: 4:28. Abençoada seja nossa cafeína torrada.

Assim como eu e Martin, Biky também comprou um café para consumir durante a caminhada. "Vai tentar durar até a madrugada, Biky?"

"Pelo menos até meia-noite, Benz..."

Eu entendo. Eu também não dispensaria uma cama, sem nenhum remorso. Quatro horas e meia era mais do que uma eternidade.

"Oi. Sou eu. A gente pode conversar?" Malory me ligou um dia, com a voz fraca. Foi naquele tempo em que eu evitava seus desabafos. Ela parecia que tinha chorado. Eu me preocupei, então varri as desculpas para fora do meu discurso. "Claro, aconteceu alguma coisa?"

Ela tinha acabado de comprar uma passagem para Vancouver. Dizia que tinha brigado com Paul e parecia que tudo chegava ao trágico fim. Acho que nos casamos rápido demais, ele disse. Ou cedo demais, alguma coisa assim. Deixei ela falar sem interrupções por mais de meia hora. Ela dizia como foi difícil mudar de cidade, deixar para trás amigos, família e todos os lugares em que crescera e aos quais se acostumara. Seu cachorro, Zodiak, um vira-lata que ela resgatara e parecia ter perdido uma orelha numa briga. Contou como sentia falta de fazer jiu-jitsu por *hobby* e o único *dojo* que encontrou ali era do outro lado da cidade. E como era impossível fazer amigos, que ela queria ser mais extrovertida e ter amigas que fossem suas e não amigas de Paul. E ela achava que era sua culpa que Paul estava triste e distante, por todas as viagens que ela fazia a trabalho. Que belo seria se Paul pudesse viajar com ela...

Quando sua fala espaçou e o silêncio era recorrente, o único conselho que pude oferecer foi "Vá pra Vancouver, se faça feliz e deixe que Paul também encontre o que o faça feliz. Essa é a única forma de vocês serem felizes juntos. O encontro de duas pessoas já preenchidas."

Levei o mesmo para Paul. E naquele meio mês em que Malory esteve em Vancouver, ele tomou coragem e deixou o emprego por um novo. Em vez de construir pontes, ele passou a construir casas. Foi quando ele começou também a fazer um curso de *sommelier* todo sábado e a jogar *squash* duas vezes por semana.

Ao voltar, Malory encontrou o marido revigorado. E durante o jantar de aniversário dele, que se deu cerca de um mês depois, os dois pareciam bem, trocando sorrisos e olhares. Malory me recebeu com um forte abraço. "Você está impossível de se comunicar, Ben! Sinto sua falta!" ela se queixou da minha indisponibilidade e disse que a gente precisava colocar o papo em dia. Eu concordei com uma sílaba apenas, fingindo entusiasmo e me precipitando para apresentar Dylan. E eu não pretendo mencionar Dylan além desse momento, mas era uma moça que por um momento... - enfim, vamos ao constrangimento na festa de quarenta e um anos de Paul:

Já era o final da noite, e enquanto os outros convidados na sala ouviam de Paul a história do vinho que estavam prestes a beber - um dos presentes que tinha ganhado, aliás - eu ajudei Malory a levar alguns dos pratos sujos para a cozinha. Não foi ideia minha. Não, de forma alguma. Dylan estava entretida numa ponta da mesa com Corina e Biky, e eu fui pego a caminho da sala. "Ben, me ajuda a liberar a mesa, rapidinho?"

Que fosse rápido então, que eu tirasse a sincronia de nossas ações para que quando eu estivesse num cômodo, ela estivesse no outro. Mas eu não antecipei a conclusão, não nos cruzamos na porta da cozinha, porque na cozinha ela permaneceu. "Assim já tá bom. Pode deixar aqui na pia, que mais tarde eu coloco na lava-louças."

Era como se houvesse um campo elétrico, uma atmosfera própria, que eu não ousava penetrar, envolvendo o corpo de Malory. Parei a alguns passos e estiquei meu braço para entregar aqueles copos o mais próximo da pia que consegui.

"Eu queria agradecer." ela começou.

"Sem problemas." eu terminei, já de costas pra ela.

"Não, não por isso. Espera." Senti a eletricidade de sua mão tocar meu ombro. Ao olhar nos seus olhos, quase instintivamente me afastei, deixando entre nós a diferença de um passo e meio.

"Quer dizer, por isso também. Obrigada. Sério, queria dizer que você foi um verdadeiro amigo nesses últimos meses." Ela tomou minha mão entre as suas. Mãos pequenas, macias e quentinhas. As mesmas mãos que secaram seu rosto no aeroporto quando suas lágrimas assumiram o fim. As mãos que agarraram Paul pela camisa até que ele confessasse "casamos cedo demais". As mãos que encontram artefatos e desenterram ossos. As mãos que derrubam trinta pinos seguidos. As mãos que derrubam lutadoras e cujas feridas as fazem incapazes de abrir a porta de um avião abatido. Um avião em chamas. Essas mãos que exibem no dedo um aro dourado.

"Tanto pra mim quanto pro Paul. Eu vejo como ele está feliz agora, e eu entendo o que você dizia, sobre estar feliz para fazer feliz."

Eu nunca disse isso, Malory. Ninguém tem o poder de fazer alguém feliz. Alegrar talvez, divertir, rir. Eu dizia estar feliz e compartilhar a felicidade. Mas vou deixar você neste engano que a satisfaz.

"Taças! Mais taças!" Paul passou bruscamente pela porta. Eu puxei minha mão para fora do campo elétrico com a mesma prontidão. Malory franziu o cenho, a boca semiaberta em confusão. Ela tornou a pegar minha mão com um jeito de 'qual é o problema?' Eu balancei a cabeça em milímetros, para que só ela enxergasse minha negativa. Ela soltou minha mão devagar.

"Vocês dois, tragam taças pra vocês também. Não vão se arrepender." Paul passou por nós sem alterar seu humor.

Algo em meu olhar fez com que Malory entendesse meu motivo para evitá-la. Se não isso, ao menos ela entendeu que eu tentava evitá-la. Depois desse aniversário, ela nunca mais me ligou ou me escreveu. Nunca mais me encontrou sem a companhia de Paul. A gente se fala, claro. Eu a considero parte do grupo e lamento sua ausência na noite de hoje, como já disse. E acho que ela sabe que não é antipatia, nem nada pessoal. É apenas respeito. Ao menos eu espero que ela saiba e não se entristeça por não ter em mim o amigo que ela gostaria.

A gente passa por bares, restaurantes, casas de jazz, *pubs*, cafés, lanchonetes e boates. Havia música na praça, crianças de bicicletas e cães correndo livres. Entre os jardins, um espetáculo de rua era representado. Um balonista numa terra estrangeira, que se apaixona por uma alfaiate enquanto ela costura seu balão danificado pela guarda imperial. A peça era uma mistura de balé de tecidos com teatro do impossível. Num dado momento, um ator manipulou uma marionete que era o esqueleto de um cão. Num outro, quatro atores se juntaram num só figurino para representar uma corsa enfeitiçada. Vestiam trapos remendados e coloridos, me lembrando Rosie com seus retalhos. A música era tocada por uma viola e flauta andina.

Vimos o restante que faltava. Biky e Paul ao meu lado. Sandquist atrás de mim... Eu não localizava Mabel, estava conferindo o monumento na área central. Acima de mim, levitadores luminosos eram controlados por algumas garotas que brincavam de pega-pega aéreo. O monumento eu já tinha visto durante o dia, no início da semana, quando as areias da parte inferior eram nada além de grãos salpicados.

É uma grande ampulheta, instalada por um artista plástico que faz padrões abstratos com areia colorida. Três metros de altura e dois e trinta de diâmetro. A areia, em vários tons de laranja, formava ondas e espirais contra o vidro e se esvaziava num ritmo de duzentas e quarenta horas. Agora faltava apenas um palmo, escorrendo pelo funil numa cascatinha fina e borrada.

Um pequeno grupo caminhava em volta, admirando cada grau da circunferência, em ambos os sentidos. Alguns tiravam fotos. Não longe dali, um grupo de jovens jogava cartas agitadamente, gargalhando e desafiando uns aos outros em voz alta, apostando todo tipo de coisa que não fosse dinheiro. E Mabel parada, os pensamentos perdidos nos grãos, subindo pela encosta fabricada pela gravidade. Pensamentos que eu poderia facilmente adivinhar: ela pensava sobre o tempo.

Olhando assim, a moça solitária parecia ainda mais sozinha. Porém não é engano assumir que toda mulher tem alguém, seja um namorico, um pretendente ou um amor possível. Na minha idade é ainda mais difícil. Depois dos quarenta, todo mundo já amou alguém, ou já encontrou alguém, ou já perdeu. E já na minha juventude eu afirmava - sempre parta do princípio de que toda garota é comprometida, mesmo que apenas a um sentimento. E se não for, que bela surpresa. Mabel não tinha anel nenhum nos dedos. Ela 'fumava' sua caneta preta.

"Seu namorado vai nos encontrar aqui?" sondei. Ela riu, sem tirar os olhos da areia, como se houvesse algo absurdo na minha questão.

A maioria das pessoas solteiras tendem a acreditar que quem é visto sozinho também está solteiro. Eu costumava acreditar nisso por um tempo. Talvez projetamos nós mesmos no mundo que nos encontra. Mesmo sozinha, Mabel tinha um amante secreto. Onde ele está agora, que não ao seu lado?

Quanto tempo a gente é capaz de perder e depois se arrepender uma vez que fica claro que nunca poderemos recuperá-lo? Talvez por isso ela queria estar presente em todos os lugares essa noite. Tocar cada grão de areia, aproveitá-lo ao máximo e não se arrepender uma vez que ele escapar de nossas mãos.

"É bonito, não acha? O tempo. Essa forma de visualizá-lo através da gravidade. Dá um pouco de angústia ver como ele se esvai, como escorre. Numa ampulheta assim a gente consegue visualizar o passado aqui embaixo e o futuro aqui em cima. E o presente, esse encontro dos dois, esse buraquinho pelo qual os grãos passam tão rapidamente." Ela deu um trago na caneta após apontar as seções da obra com o objeto.

O que a aflige? O Sol não voltará amanhã? Já não é dia no planeta vermelho? Nenhum tempo é perdido, pois não se perde o que nunca tivemos.

"Vamos ver o que está acontecendo ali." O longo *scarfe* azul de Mabel resvala no meu braço quando ela se vira rapidamente e vai na direção daqueles jovens que jogam e apostam.

Ouço aplausos. É o fim da peça. A alfaiate costurou o balão do aeronauta e ele se foi, sem nunca saber que ela teria ido com ele, que ela também o amava, mas era incapaz de pedir que ficasse.

4:

"Benny, vou abrir em outubro e faço questão dos seus uniformes na minha equipe." Foi assim que o meu maior e mais notável contrato até então teve início. Um amigo meu repaginou seu restaurante com o dinheiro de um prêmio gastronômico internacional, e minha incipiente fábrica cuidaria de vestir todos seus funcionários. No primeiro mês, selecionei os mais belos *croquis* da minha equipe. Depois, fizemos um estudo detalhado de tecidos e costura para então produzir uma peça piloto.

Quando eu digo 'todos seus funcionários' eu realmente quero dizer todos, do manobrista ao recepcionista, do salão à cozinha, e até a gerência.

Então conheci Aly. Foi por causa de um encontro para tirar as medidas. Numa das mesas novas, ela montava o cardápio com o chef. Eu passava a fita métrica pelo corpo dela, me sentindo cada vez mais atraído. E o *chef* já aproveitava para deixar o convite: "Benz, obviamente você está mais que confirmado para o jantar inaugural. Vou reservar uma mesa para os seus acompanhantes, mas guarda uma cadeira pro Paul. Vai ser uma boa oportunidade pra minha irmã conhecê-lo."

Aly, que já sabia do drama do colega, reforçou:

“Ah, é você a nova esperança da vida amorosa da Gina? Eu tentei juntá-la com meu irmão, mas nada feito.” Eu contornava a cintura dela com a fita, enquanto ela contava sobre a sua própria experiência, semelhante a de Gina.

“Eu terminei e voltei com meu ex umas cinco vezes. E na época, não importava quantas pessoas me dissessem que ele não prestava, eu continuava insistindo nele. Só agora, esse ano, que eu resolvi me livrar do telefone dele. Tanto faz, eu sei o telefone dele de cabeça, então apagar da minha agenda foi mais como um símbolo. Sei lá, sabe, aprendi a me amar mais do que qualquer um, antes de amar outro alguém. Aliás, nem sei por que falar dele, nem vale meu fôlego. Fale de você, também está solteiro?”

Eu percorria o caminho de seu braço direito e com minha visão periférica vi o rosto dela se voltar para mim, me lançando a pergunta.

Eu tinha cinco garotas no meu arsenal, e decidi que não convidaria nenhuma delas. A maior parte do jantar eu passei na cozinha, paquerando a *sous-chef*. Como ela trajava suas vestes idealizadas e materializadas apenas para seu corpo. Como aquelas proporções se moviam, manuseando panelas, colheres, facas, fogo. O cheiro de manteiga, de coentro, de páprica e limão. E no breve tempo em que ela tinha as mãos livres, se aproximava, para a gente abrandar a curiosidade de um sobre o outro. Então conheci Aly.

Era ela que tinha a mania de me ligar toda noite, às vezes do trabalho, e pouco dizia ou não dizia nada. Ela gostava da minha companhia. Dizia que não é só a voz que passa numa ligação, é também a presença. Eu comecei a gostar daquilo, lia um livro ou comia um sanduíche enquanto ouvia a vida na cozinha acontecendo do outro lado da linha. Depois ela me encontrava e deitava exausta ao meu lado, com aquele sutil perfume de tempero sobre si.

Nessa época, eu andava bastante com Bea e Nathaniel, que quando souberam que Aly era a *sous-chef* que cozinhara no jantar de inauguração ficaram empolgadíssimos. Foi uma afinidade esperada entre os admiradores de culinária. "Mas eles só falam de comida." ela observou ao final de um encontro.

"Eles devem achar que é seu assunto predileto. Eu sei que eles gostam de tratar do tema, mas geralmente também costumam falar de outras coisas..." concordei com o excesso.

Era recorrente as saídas com Paul e Gina, encorajando os dois a se levarem a sério, incentivando o corte dos laços que ainda firmemente os unia às suas dores passadas. Ao menos eles se esforçavam, e era legal saber. Eu dizia para o Paul que dificilmente ele iria se apaixonar de novo, mas não precisava amar Gina para se relacionar com ela.

"Não, Benz, eles não estão se esforçando. Sabe o que fiquei sabendo por ela? Que eles estão sempre falando das desilusões amorosas."

Então era isso que mantinha a afinidade dos dois, os corações em pedaços? Eles se juntavam para lamentar o amor incompatível? Aly não falava nem o nome do ex dela. Na verdade, não se referia a ele de forma alguma. Se ainda pensava nele e tinha saudades dos bons momentos, não dividia isso comigo.

"Qual é o problema? A gente consola a dor um do outro. Eu não me sinto tão miserável ao saber que minha dor não é a única do tipo. Ela também se conforta em poder desabafar comigo e saber que, de verdade, eu sei como ela se sente." Paul minimizava seu comportamento autossabotador. E Biky já constatava o óbvio: "Ele só vai parar de falar na talzinha quando encontrar alguém que não o faça pensar mais nela."

Sim, e isso era algo completamente incontrolável, até mesmo para ele. Apaixonar-se deveria ser uma decisão, tão realizável quanto um novo corte de cabelo. Desapaixonar-se deveria igualmente ser um processo consciente, como descalçar um sapato apertado ou frouxo demais. Se a gente já sabe como a química funciona, os hormônios envolvidos, como ainda não temos um estimulante ou um antídoto? "Tem um filme de ficção científica que é assim. Um futuro distante no qual o amor pode ser curado como um distúrbio no corpo. Então as pessoas amam e esquecem como uma banalidade absurda." Ouvia Aly me devolver pelo telefone enquanto o sono chegava para nós dois. Anos depois eu veria esse filme, 'Dez Amores por Dia', ou algo assim. Rosie me emprestou o DVD e me lembrei de já ter ouvido sobre o enredo.

Li em algum lugar que os sintomas de se estar apaixonado são os mesmos de uma insolação comum. O telefone em silêncio. O cheiro de tempero. Um uniforme novo.

Aly recebeu uma proposta de emprego. Nathaniel, numa de suas viagens gastronômicas com Bea ficou conhecendo um empreendedor que vivia de abrir restaurantes. Ele tinha ideias de lançar não apenas um estabelecimento, mas investir num *chef* jovem e talentoso. "Mas eu nem sou *chef*, eu sou *sous-chef*, você sabe."

"Isso pode mudar, só depende de você. Não tem entrevista, nem teste, nada. O contrato tá feito. É só assinar e fazer as malas."

O restaurante era pros lados de Hudson Bay. E é uma das coisas mais desafiadoras encorajar alguém a ir embora, ao mesmo tempo em que o quer por perto.

Para a última semana de Aly, planejamos um roteiro pelos lugares que ela mais gostava na cidade. Eram tantos lugares… Nós postergamos tanto a escrita da lista, que ficou para as vésperas da partida. A gente devia ter trabalhado nisso logo que ela se decidiu. Mas, com um par de meses à frente, nos pareceu que tínhamos muito tempo pra ver isso mais tarde.

Foi tolice espremer tudo na última semana, em vez de distribuir ao longo do mês. Assim, poderíamos ter passado a tarde toda em cada lugar, e não apenas vinte minutos.

Chegado o primeiro dia da nossa programação, uma segunda-feira, ela não atendia minhas ligações. Nem às 11h, nem às 14h, nem às 15h30, nem às 17h. Imaginei que ela me ligaria à noite, então esperei. Na terça, o mesmo aconteceu, me deixando preocupado. Fui ao restaurante e descobri que ela já não estava trabalhando lá, fato que provavelmente já havia me contado. Tentei ligar mais uma vez, mas era tarde e ela devia estar dormindo. Então decidi que no dia seguinte eu iria à sua casa.

Esperei por mais de uma hora até ela aparecer. Pensava que por uma maldade do destino ela havia adoecido de ansiedade, mas a verdade era ainda mais cruel. O celular dela parecia ter estragado e não estava registrado na rede. Tentei ligar ali, na frente dela, e confirmei com meus próprios olhos que o aparelho não manifestava minha chamada de forma alguma. Ela retribuiu a ligação e tudo que pudemos ouvir foi uma gravação equivocada sobre meu telefone estar desligado. Eu devia ter ido à casa dela na segunda. Na verdade, muitas segundas antes. "Eu passei ontem na sua casa, mas acho que você não estava..." ela esclareceu seus esforços. Não. Foi coincidente a minha procura no restaurante.

Começamos nosso *fast-tour* naquele mesmo dia. Mas ela não aceitou o fato de ter perdido a segunda e a terça, então espremos ainda mais todos aqueles lugares em tão poucos dias. O rio, a Casa da Bruxa, o fliperama de dois andares, o MAC, a Praça Grande, o Parque das Figueiras, o cinema velho, a Vila do Pão, o mercado aberto, o borboletário... Em alguns lugares a gente passava tão rápido que nem saía do carro.

No fim da tarde do último dia estávamos num campo de golfe abandonado que estava virando um idílico refúgio para gansos. A gente podia ter se conformado e feito daquela a nossa última parada, mas os nossos planos incluíam um pôr do sol no mirante. Entramos no carro como num filme de ação e fomos a toda velocidade, perseguindo a luz. Chegamos lá no alto a poucos minutos do sol desaparecer. E ainda nos consideramos vitoriosos.

Naquela noite ela se lamentou, não por estar indo embora, mas por estar indo tão cedo. Não era verdade. Nós tivemos dois meses entre a proposta e a partida. Apenas não soubemos aproveitar o tempo, por achar que o tínhamos em excesso. A contagem em números ímpares. Três, cinco, um.

Os garotos jogavam Corsário na Praça Central. Na mesa de apostas estavam dois ingressos para o Observatório. Mabel, como era de se esperar, rapidamente se entrosou, e reagia a cada cartada. Martin e Justine surgiram do meu lado, curiosos com a balbúrdia. “Oh! Sand é viciado em Corsário! Chama ele lá.” Justine se animou.

“E o que ele vai fazer com dois ingressos? Dar pra gente?”

“Vender… Especulação, Martin.” sugeri.

“De repente, ele pode ir com a London, nunca se sabe.” Justine lutava para manter a ideia viva, apesar da relutância do marido. Paul foi o próximo a aparecer e foi por ela questionado sobre o paradeiro de Sandquist.

“Tá na ampulheta. Ele e a Biky. Por quê?”

Justine não respondeu, apenas foi atrás dele, deixando a explicação para Martin e eu. Quando parei pra ver, Mabel já estava com o baralho nas mãos, pedindo atenção.

“Tira uma carta. Não me fala.” ela ordenava a um dos garotos. Naquele ponto, talvez pudesse Sherlock Holmes cravar conclusões exatas. Pra mim, não passou de um preâmbulo de minhas desconfianças.

“Segura firme entre as mãos. Assim. Agora, você, me ajuda a adivinhar. Fala o naipe. Beleza. E você, qual é o número?”

“250 99…” o rapaz flertou. “Aliás, me passa o seu que eu te ligo.”

“O número da carta, espertinho.”

Justine voltou, trazendo o resto do grupo, o que serviu somente para dispersar Paul e Martin da apresentação de Mabel, me deixando como única testemunha do *grand-finale*.

"Valete de espadas. É um valete de espadas?" ela sentenciou.

"Não."

"Olha de novo."

Ele abriu as mãos, arrancando exclamações do público. E em mim, uma incômoda constatação foi prontamente alocada. Por um momento, parecia que só eu tinha percebido que se tratava do truque da Malory. Paul desconversou. "É verdade, é bem parecido." Martin comentou como que para si mesmo.

Justine aproveitou a interrupção e anunciou Sandquist como o mago do Corsário, título humildemente negado por ele, explicando que costumava ser bom na época da faculdade, e isso tinha sido uma vida atrás. Os garotos se prontificaram em encorajá-lo a se unir a partida; ele não resistiu à possibilidade de reafirmar traços de sua juventude.

Ainda no mesmo tópico, Biky chamou atenção para uma turma que andava de *Slackline* ali do outro lado da ampulheta. "Eu quero, mas tenho vergonha." Ela não praticava desde os seus vinte e oito e queria que alguém a acompanhasse para que lhe desse um pouco de confiança para abordar os *liners*. "Vai lá, Benz, você andava de skate, você tem equilíbrio."

Fui mais pela curiosidade de ver Biky tentar do que pelo argumento discutível de Paul.

"Biky, era o truque da Ninja, você viu?"

"O que... Ah sim, bem parecido."

"Parecido?"

"Eu não sei. Eu não vi direito." Passamos pela ampulheta, a areia imperceptivelmente mais baixa.

"Quais são as chances de que ela conheça Malory? Ou que ela já conhecesse Paul? Eles criaram uma afinidade tão súbita que é como se já se conhecessem, não acha?" instiguei minhas conjecturas em Biky, só pra verificar se faziam sentido.

"Sei lá, Benz, ela criou uma afinidade com todo mundo, eu acho. Ela é uma figura. É até possível que conheça a Ninja, do jeito que ela gosta de interagir por aí com estranhos."

"É, mas a Ninja não gosta. Não vejo ela ensinando seus truques pra qualquer pessoa que encontre."

"Pergunta, Benz."

A fita unia um poste ornamental a uma árvore jovem. O grupo engajado na atividade consistia em quatro pessoas, e a que se equilibrava sobre a fita parecia ser principiante, pela forma como se apoiava no ombro de um rapaz que a acompanhava do chão. Ele bradava para ela apoiar não mais do que um dedo. No início, a gente o observou de longe, medindo nossa disposição para integrar aquela turma. O pessoal do skate não é o pessoal do *slack*. Ainda assim, não estava eu e Biky lado a lado?

A hesitação era mais por enfrentar a desilusão de uma habilidade que se foi com o tempo. "Fala que você é principiante. Tira a pressão dos seus ombros."

"Mas eu vou saber que não sou principiante."

Biky, minha querida, neste momento você é. Até que você suba naquela fita e caminhe por seus próprios contrapesos, da madeira ao metal, da seiva ao cobre, da vida à eletricidade e de volta à vida, você continuará uma principiante.

Minha provocação foi o último incentivo que ela precisava para se aproximar dos jovens, fingindo surpresa. "Sim, mas já faz muito tempo." Foi a única pista que ela deu de suas expectativas. O quarteto nos recebeu transbordando simpatia, e Biky, descalça, se apoiando na árvore para subir ao instável.

De repente ela ficou mais leve, com asas nos pés. Eu a acompanhava, oferecendo minha mão, e ela gritou rispidamente para eu sair de perto e deixar de graça, que não era o momento.

Biky cai uma, duas, quatro, oito vezes. Era quando parava o passo ou tentava ajustar seus joelhos. Mas eu a via chegar mais longe que na tentativa anterior. Ouvi o som de água acompanhar gritos de uma gama de timbres. Na fonte, pessoas nadavam vestidas, jogando água para o alto e umas nas outras.

Quando voltei minha atenção para a fita, foi com as torcidas exaltadas do grupo. Biky, a dois passos do poste, onde a fita é mais rígida e o equilíbrio mais pressionado. Ela jogava os braços erguidos de um lado para o outro, como antenas buscando uma frequência fugaz, manipulando e focando o centro gravitacional de seu corpo, a forma que o planeta possui Biky, mais como fêmea apegada do que carcereira capaz.

Ela poderia correr ou se lançar para agarrar o poste, mas queria dominar o ar, queria concluir a dança com estabilidade magistral. E assim deu os últimos passos, primeiro um, depois o segundo. Os aplausos de seu respeitoso público. Depois ela insistia para que eu tentasse. Mas tirar meu Giovanelli, pisar descalço na grama fria, suar e desalinhar meus trajes, tudo isso criou uma barreira intransponível antes mesmo de subir na fita.

“Vai você, Biky, ainda tem que ir e voltar sem cair. Ou sentar, ou pular ou balançar igual o Billy.”

“Pode até não parecer, Benz, mas não tenho energia pra mais nada.”

Billy era o mais habilidoso, me pareceu. Ele era também o dono da fita, como ficou claro quando declarou para os seus:

"Tenho que ir. Mas vocês me passam a fita depois, podem continuar."

"Não, a gente já vai com você. Vamos aproveitar a carona."

Enquanto soltavam as travas e enrolavam aquela ponte estreita e agora irreconhecível, nos explicaram que Billy trabalhava no Observatório e entrava no serviço às onze horas. Ele tinha enchido os amigos de cortesias e se tivesse mais até nos convidaria. "Mas quer saber? Eu dou um jeito."

Biky de cara dispensou, mas aceitou uma carona até o *The Bluesman* para pegar seu carro. Eu fiquei ligeiramente tentado, mas não me pareceu interessante deixar o resto dos meus para trás.

Biky prometeu que voltaria antes que terminassem de arrumar tudo, só queria correr para se despedir do pessoal. Eu a acompanhei, já me despedindo daqueles jovens simpáticos, cujos nomes nem mais me lembro agora e sei que em uma semana ou da próxima vez que for ligar pra Biky, não vou achar sentido naquele contato logo abaixo do nome dela na minha agenda telefônica.

É fascinante constatar como aquela participação aparentemente opcional em minha vida veio a definir tantos efluentes.

Passando pela fonte, foi inevitável que, mesmo em passos apressados, a gente não observasse os adultos ensopados que conversavam com naturalidade sobre a mureta. Meu olhar foi certeiro no dela. Ela pulou para o chão, e na minha memória é incrível, mas não há ruído algum. Biky está aflita para não perder sua carona:

"Benz?" ela percebe que eu parei.

"Vai lá, pode ir." eu libero.

"Tá. Oi, Dylan." ela acena e se vai.

"Oi, Dylan." eu cumprimento a mulher parada diante de mim.

"Eu te abraçaria. Mas não quero molhar você." a mulher declara, como se aquilo valesse pelo gesto. "Eles me jogaram na água... como você pode ver." Dylan usa aquele olhar que eu adorava, para o lado, para seus amigos que eu não conheço, e não interromperam sua conversa paralela, os lábios dela se unem num sorriso contrariado e seu nariz se franze, embaralhando suas sardas.

"Quanto tempo faz? Dois anos?"

"Algo assim." fingi não saber. Mais de dois anos, quase dois e meio.

"Que coisa. Que noite! Elas conseguiram, hein! Nós conseguimos." Dylan apontava para o céu, se referindo às cosmonautas lá fora.

"Ainda não, mas quase."

"Nossa, Benny, que sombrio..." Ela me deu um leve empurrãozinho no braço, repreendendo a visão de Landmark II explodindo no céu marciano.

E aquele breve toque era o resquício de intimidade que nos restou.

Dylan, como seria se houvesse fecundação em outros tempos? Ela estaria com cinco anos, começando a decifrar a escrita, aperfeiçoando sua caligrafia, consolidado seus pensamentos originais. E nós? D & B, B & D, alianças combinando em nossos dedos. E a vida em seu útero moldando nossas vidas.

Eu e Dylan baseamos nosso relacionamento em sexo durante muito tempo. Ela deve ser o corpo que mais combina com o meu, feitos da mesma matéria, vibrando em ondas gêmeas. Era não falar, não pensar, não agir, apenas permitir o encontro, e no final da noite era como se não pertencêssemos mais aos nossos discernimentos, como despertando de uma possessão. Sucubus e Incubus.

Eu passava de carro no fim da manhã e a via correndo sozinha. Onde ele está, que não ao seu lado?

Um dia, eu resolvi acrescentar um pouco mais de exercício na minha rotina. Sugeriram que eu fosse caminhar na pista do meu bairro. Era outono e a temperatura não me encorajava nem a sair da cama. Mas o pensamento de cruzar com aquela moça de top vermelho puxava minhas cobertas.

Eu via as costas dela passarem por mim, me deixando pra trás e por um segundo, a música de seus fones salpicando notas distorcidas em mim. E quando ela voltava do final da pista, inevitavelmente a gente trocava olhares e acenos de cabeça. Uma sutil cumplicidade entre quem já reconhece um objetivo em comum, o acúmulo de chão sob nossos tênis de corrida.

A pista acabava na entrada da ponte, e ali havia um quiosque e alguns bancos com vista para o rio. Folhas amareladas cobriam o chão. Esquilos fuçavam o terreno. O som de pica-paus testando a madeira. Ela bebia uma garrafa de água e eu comprei um refresco. E foi ali que a gente começou.

Bastou uma breve conversa sobre o tempo ou a beleza do lugar pra gente se tratar pelo nome e oferecer sorrisos quando nos cruzávamos na pista. Poucos dias depois eu fiz o meu clássico movimento de cortejo e me aproximei do banco em que descansava com um ingresso na mão.

“Dylan, eu ia nessa apresentação do Roy Hopper no sábado, mas minha sobrinha não vai poder. Não sei o que fazer, já tentei reembolso e perguntei pra todo mundo que conheço. Se você quiser, é seu.”

“Nossa, quero muito! A gente se vê lá?”

“Essa é a ideia.”

Nenhum corpo conheceu mais o meu do que o corpo de Dylan. Ela tinha tatuagens de asas em seus tornozelos, não apenas pela paixão pela corrida, mas também uma homenagem ao seu pai, que se chamava Hermes.

“Você sabe que Hermes não tinha asas nos pés, certo? Ele tinha sandálias aladas.” eu provocava.

"É, mas eu não sou Hermes. Sou a filha dele."

A filha de Hermes corria na minha frente enquanto eu marchava no meu ritmo de mortal. Em alguns meses eu consegui chegar a acompanhá-la, pelo menos no início. Então o inverno apertou de vez com a primeira nevasca, e tivemos que transitar para outro tipo de exercício, outra forma de nos aquecermos.

Talvez Dylan fosse viciada em sexo. E talvez eu estivesse ficando. Mas ela dizia que não era sexo apenas, era o nosso sexo, a forma como nossos corpos ressoavam na falta. Quando eu a chamava para sair, ela sugeria no carro "ou a gente pode... sei lá... transar.", tentando soar corriqueira.

"Fica com ela, Ben." Paul sugeria.

"Mas e todas as outras?"

"Que outras? Tem quase seis meses que você só se encontra com ela."

"Alyson ainda me telefona às vezes."

"O que a Dylan quer? Ela pensa num relacionamento sério, em formar uma família com você?" Malory redirecionava a conversa.

"É, Benz, isso é uma coisa que já tem que ser mencionada. Aos trinta e seis ninguém mais é adolescente."

"Já há um bom tempo, né, Sandquist?" Corina reafirmava o óbvio.

"Ela fala disso?" Rup passou a fala pra mim.

"Não sei. A gente não conversa muito sobre nossas vidas."

Na verdade, a gente não conversava muito. Ponto. Não era esse o aspecto que conduzia nossa relação. E agora ali, naquela fonte, ela perguntava as novidades e eu não tinha o que dizer. Ela espalhou minhas respostas às minhas perguntas copiadas, sem saber qual parte da sua vida nesses dois anos valia a pena detalhar. Talvez a gente devesse tentar de novo, sem o sexo para nos manter desconhecidos e ver o que teria sido de nós.

Biky veio a passos largos. "Ele ganhou. Vocês estão ricos." Ela sorria da árvore ao poste. Depois me abraçou e se despediu no meu ouvido.

"Tchau. Amanhã a gente se vê e troca impressões sobre essa nova era. Boa sorte com aqueles dois, meu amigo. Oh, desculpe, quis dizer meu equivalente a amigo." Biky não perdeu a última chance de me provocar. "Tchau, Dylan."

Dylan, filha de Hermes. Talvez seja essa uma boa deixa para me retirar. Mas ela ainda queria se explicar, dizer como andou sumida nesses dois anos porque esteve ocupada no trabalho. Durante dois anos e meio?

"Não, claro que não. No início. Mas depois quando eu quis te ligar, vi que tinha perdido seu número, metade dos meus contatos, sem mais nem menos. E achei que de qualquer forma você nem iria mais se lembrar de mim. Mas é bom te ver, senti sua falta!"

Sim. Eu também chegava a sentir falta dela. Mas nós dois sabemos que não era isso, era o sexo. A gente se procurava pelo sexo fácil, sem cortejos, jantares, todo aquele jogo social. Nós dois tínhamos consciência dessa interação. "É o sexo, Benny. Não sou eu, é o sexo. Por isso sexo é tão perigoso." Sim, não havia porque negar. Quando a gente sentia falta um do outro, não era nada mais do que isso.

Eis que um dia ela se sentava no encosto do banco, com os pés no assento, descansando as asas de seus maléolos. E com um *Gatorade* de limão, ela solta, sem rodeios. "Benz, tá atrasada."

"Quanto tempo?" Senti meu coração bem marcado no meu fôlego.

"O suficiente." ela disse entre goles, encarando a água corrente do rio.

Quando ela fez o teste e atestou positivo, pareceu preocupada. Já eu segurei meu entusiasmo, pois rapidamente me identifiquei com a ideia de paternidade. Pude até vê-la, tão pequena em meus braços. Tranquilizei-a com a imprecisão de testes de farmácia e marcamos um exame de sangue. Só então conversamos sobre isso, e ela me disse do medo que tinha, medo das mudanças no seu corpo, dos enjoos, das noites em desconforto, das dores do parto, medo de morrer. Ela estava cogitando interromper a gravidez no mesmo dia em que tivesse a confirmação. E eu pensei: é justo querer que minha opinião importe? Querer que ela passe por tudo isso porque a possibilidade de ter um bebê me agradou? "E eu não quero ser mãe solteira, então a gente teria que ficar juntos. Mas eu não sei se quero casar, Benny."

Eu não sei se quero, mas sei que não devo. Eu me canso relativamente rápido das pessoas. E se comprometer com uma pessoa só, por mais ou menos cinquenta anos, muito além da vida útil de um amor humano? Se ao menos eu pudesse visitar essa versão de mim, como num sonho vívido, e ter a certeza se esse é um caminho que me faria feliz...

O sangue de Dylan fluiu um dia antes do exame, mantendo nossa confiança em todos aqueles métodos contraceptivos e nossa desconfiança com positivos de farmácia. Mas agora ela estaria com cinco anos, e o susto veio para nos ensinar a moderação. E como eu já estava com trinta e sete e o tempo continuava a passar. Para onde eu levava minha vida? Que futuro eu planejava incidentalmente enquanto evitava planejar? Depois dos quarenta todo mundo já amou alguém. E eu posso ter conhecido o amor da minha vida e não percebi por estar ocupando minha atenção com outras mulheres.

"Me passa seu número, Benny. Vamos combinar de nos encontrarmos." A água pingando das pontas de suas mechas. Eu podia cheirar o álcool no seu fôlego. Seu celular completamente molhado. Ela jurou que faria um esforço no dia seguinte para se lembrar, mas numa noite de tantos números era quase certo que aquilo não tivesse passado de cortesia ou bons costumes. De qualquer forma, era apenas sexo, o combustível de amantes. Não é amor, não é solidão ou tédio. É sexo, Paul, não é mesmo? Que nos faz sentir falta, nos faz querer voltar, nos faz querer encontros. 3 horas, 19 minutos.

Voltei, saudando Sandquist, "O mago do Corsário. Eu sempre acreditei na força dos seus poderes." Fiz uma reverência e ele estendeu a mão, esperando que eu a beijasse.

"Não adianta bajular, Benz. Chegou tarde demais. Ele já nos deu os ingressos." Justine se gabava de cima da mureta de concreto.

"Eu não preciso de ingressos, tenho contatos."

Biky tinha mencionado que ia pegar uma carona com Billy, um rapaz que trabalhava no Observatório. Mas fui eu que entrei em detalhes sobre sua oferta. Sandquist sacrificou sua demanda em nome da amizade, tirando seu nome do páreo.

"Paul, pode ir com ele. Fica me devendo uma."

"Com ele? Acho que Paul estava pensando em ir com outra pessoa, na verdade." Martin foi extremamente impróprio no seu comentário, mas parece que só eu me incomodei. Mabel se renuiu ao lado de Paul, sorrindo.

"Não, não. Eu tiro meu nome do páreo também." ela disfarçou.

"Parem de agir como se vocês não fizessem questão. Vamos todos!"

O pessoal ficou apreensivo, sem saber se seria um abuso pedir mais duas entradas além das duas a que Billy se dispôs. Mas era inegavelmente a melhor solução, se possível fosse. Eu esperava que Paul tirasse seu nome do páreo e cedesse a vaga para Mabel, com o cuidado de colaborar para a companhia de um homem solteiro.

Eu, no caso. Mas deixo de lado meu egoísmo para manter meu pensamento original de não abandonar o grupo. Ou vamos todos, ou vamos nenhum.

"Então liga logo pra Biky, que assim que ela descer daquele carro a nossa chance já era." Justine se afligiu, sem saber que Sandquist já estava no ato. Do outro lado da linha, ela se declarou constrangida em fazer a pergunta.

"Ela disse que já foi folgada o suficiente para pedir carona."

"Sand, passa pra cá. Oi Bi, é Mabel..."

Sand, Bi. Quer dizer então que ela chegou a esse nível de intimidade, que agora é a melhor amiga de todo mundo? Ela pediu pra falar com Billy e fez ela mesma a pergunta, como se fosse também próxima do garoto. Não foi uma conversa ganha. Ela perambulou pra cá e pra lá, ouvindo muito e perguntando possibilidades. Enquanto isso, a gente pensava também em possibilidades que não incluíssem o Observatório, pessimistas quanto ao resultado.

"Ele disse que sim. Que a gente tem que vestir laranja ou vermelho. A Biky vai mandar o número dele."

Então, toda a euforia da nossa conquista foi dirigida à Mabel, exaltada por todos e coberta de gratidão. Ali dividimos o grupo: Justine e Martin foram andando de volta para o *The Bluesman* para pegar o carro, e nos encontrariam lá. Eu, Sandquist, Mabel e Paul fomos para o ponto de ônibus do outro lado da praça, atravessando a rua.

"Você... Não acredito que você conseguiu isso pra gente. Você é demais." Paul elogiava a moça.

"Sim. Eu de verdade achei que não ia dar. Do jeito que ele falou pareceu que seria já um desafio conseguir dois. Mas aí ele pensou num esquema ainda melhor." Ela saltitava pela praça ao som da música.

"É, isso foi ainda mais impressionante do que aquele seu truque de cartas. Aliás, onde você aprendeu?" consegui encaixar a pergunta no contexto. Eu vi o sorriso animado de Paul se dissipar por dois segundos, e ele olhou rápido pra baixo, como se tivesse pisado num tijolo macio ou algo ainda mais intrigante. Levantou a cabeça da maneira como um cão disperso reconhece o som da maçaneta.

"O Paul me ensinou!" Ela colocou sua mão no ombro dele.

Pouco provável que tanto tenha acontecido nos minutos em que Paul se ausentara da mesa no *The Bluesman.*

"Ah, vocês já se conheciam?!" expressei legítima surpresa.

Sim, claro. A gente trepa quando minha esposa não está por perto. Oh, quero dizer, sim, claro. A gente faz o curso de vinhos juntos.

"Pensei que eu tivesse mencionado mais cedo." Paul mentiu.

Não Paul, não pra gente. Sandquist olhou pra mim, arqueando os cantos da boca para baixo e erguendo as sobrancelhas.

E toda essa amizade e afinidade instantânea entre os dois começava a fazer um obsceno sentido.

3:

Quando o ônibus chegou, a televisão lá dentro exibia uma entrevista com a primeira-almirante Praj Chakrabarti, um rosto que todos já conheciam bem há mais de um mês. E todos no veículo olhavam para a tela, e aquele silêncio sacro encobriu nossas vozes.

"Sim. Eu não sei se vai dar pra ver." A câmera se movia nas mãos de Praj. Através de uma pequena janela, era possível ver uma escuridão abaulada de um enorme semicírculo contrastar com um céu tão estrelado que parecia artificial. "Ali é o horizonte. A gente já está tão perto de Marte que já não é possível ver o globo inteiro. Faz umas duas horas que entramos em órbita. A gente não pousa direto, a noventa graus, temos que penetrar a atmosfera aos poucos."

"Então estamos vendo a noite de Marte, é isso?" a repórter perguntou do estúdio na Terra.

"Exatamente. Landmark II está programada para pousar logo nas primeiras horas do dia em Marte, então a face do local do pouso ainda não recebe luz."

"Vocês vão presenciar o nascer do Sol já em terra firme."

"É bem provável que sim, Terry. A rotação, o período de rotação de Marte é bem semelhante ao da Terra. A gente tem a Terra com pouco menos de 24 horas, são aí 23,93 horas, enquanto o dia em Marte foi calculado em 24,62 horas. A gente tem meia hora a mais no dia, praticamente trinta e sete minutos. Digamos então que, na hora local, vamos chegar por volta das sete horas da manhã."

Paul e Mabel sentados juntos. Eu sentei próximo à janela, Sandquist ao meu lado. Do outro lado do corredor, Paul e Mabel se envolviam numa conversa particular.

O ônibus deu a volta na praça e seguiu na tangente, deixando a ampulheta, a fonte e Dylan para trás.

Na rua, reparei que a quantidade de pessoas transitando de um lugar ao outro tinha diminuído significativamente. Todos já se instalavam em seus lugares de escolha para assistir ao esperado momento. No monitor de plasma, a primeira-almirante Praj Chakrabarti já se despedia com mensagens positivas, e passaram a mostrar simulações atualizadas da trajetória de Landmark II, as fotos do planeta vindouro e as imagens do início da semana, vistas pelas janelas da espaçonave, quando Marte se apresentava como uma fatia em chamas de lua crescente. Mostravam as expectativas na França, Tailândia, Turquia, China, Brasil... E a contagem regressiva, pouco abaixo das três horas.

No meu segundo ano de Lusitana, antes de Sabine, eu, Gil, Tina e Bispo fomos assistir a uma peça de teatro bastante elogiada. Dook e Marcel não puderam ir, ilustrando como o grupo inseparável de Azarados já estava expirando.

A peça se chamava *The Bench*. Recentemente, uma plataforma de entretenimento adaptou para uma série, *Lover's Love*. Não sei quanto a série é fiel, mas a peça pelo menos tratava de uma esposa que descobre a traição do marido e decide contratar um matador de aluguel para dar cabo dele e da amante. O matador os segue, pronto para efetuar o serviço de forma rápida e precisa, e então se apaixona ao ver a amante. Ele volta para a esposa que o contratou e argumenta por uma solução ainda mais vingativa e mais barata, atingir o marido no coração e dar a ele a mesma dor de uma traição. "Mas ele nem se importa comigo. Só liga pra amante." Exatamente, diz o matador.

Ele elabora seu plano para seduzir a amante, pegando com a esposa todas as informações das qualidades do marido que pode ter atraído a jovem moça. Então, ele segue a amante e propositalmente colide seu carro na traseira do carro dela, imediatamente criando um forte vínculo: o financeiro.

O matador diz conhecer uma oficina em que o dono é seu amigo e oferece guiar a amante até o local, com promessas de um serviço de qualidade e veloz. Lá, eles garantem o carro novo em folha em apenas algumas horas. E para esperar, o matador convida a amante para um café do outro lado da rua. E ali eles se conhecem e gostam um do outro. E para resumir a história, começam um relacionamento. E quando o marido descobre o caso da amante, mata os dois num surto de ciúmes.

"Acho que eu nunca vou entender o adultério. Se a pessoa não está bem com a outra, porque não pede o divórcio?" Gil divagava depois da peça, enquanto tomávamos milk-shake numa lanchonete.

"No mínimo, seja sincero. Olha, quero fazer sexo com outra pessoa, mas não quero desistir do nosso casamento. Porque às vezes é só isso, tesão." Bispo replicou.

"Certamente a mentira é o que dói mais..." Tina contribuía com poucas palavras, com as pernas cruzadas sobre o sofá vermelho e usando meu ombro como escora.

"O problema é que tem gente que se excita justamente com isso, a mentira, a enganação. Se não, seria um relacionamento aberto, não uma traição." Gil.

"O que eu entendo menos ainda é a reação da esposa nessa peça. Achei exagerada. Ela podia simplesmente deixar o cara depois que descobriu a traição. O que ela iria ganhar em matar os dois?" Eu me ajeitei no sofá para melhor acomodar Tina. Ela respondeu, ao meu lado:

"Ai, Benz... Não é buscando nenhuma vantagem. É o impulso, a raiva, a dor de ser traída. A gente não consegue pensar direito. Não tem lógica nenhuma, é só... emoção."

"Mas se ela nem mais amava o marido, que diferença..."

"Benz, eu sei do que eu tô falando. Você está indo pra lógica mais uma vez." ela me interrompeu com autoridade. E a maneira em que ela contraiu os lábios e remexeu o milk-shake com seu canudo me indicou que de fato ela sabia do que estava falando. Com essas feridas já somando cicatrizes invisíveis, ela conseguiu entrar em detalhes.

É que o Lean ficava de gracinha com uma garota e falava que era amiga de infância dele. Mentira. Era só uma estratégia para ele poder virar o jogo quando Tina achasse demais e ficasse com ciúme. Até chegar no extremo de Tina ouvir por fontes confiáveis que ele tinha beijado a garota. Ainda assim, ele achou justo e justificável quando foi confrontado, acusando Tina com sua "carta na manga".

Fiquei mal por nunca ter tido ciência de sua dor na época, e ofereci todo meu apoio e consolo naquele momento com um abraço, dois anos atrasado.

"É, ele falava que já que eu podia, ele também podia. Que ele nunca reclamou da gente." ela continuou, envolvida em meus braços.

"A gente eu e você?" tentei confirmar o absurdo.

"Eu sei sobre você e o Benz. Todo mundo sabe." Lean reclamava naquela festa de aniversário do Dook, longe de todos os ouvidos. "E você nem tenta disfarçar, Tina, eu pelo menos sou discreto. Eu nunca reclamei, entendo que isso entre vocês é inevitável, é forte, e veio antes de mim. Então, eu vou ficar com quem eu quiser também, e você não tem o direito de achar ruim." Mesmo sendo um babaca, o cara tentava ser legal.

Eu estava incrédulo por ele - por 'todo mundo' - achar que eu e a Tina tínhamos um caso. E só pra reforçar, isso foi no início do segundo ano, antes de Sabine, antes de tudo, quando eu ainda via Tina em roupagem de amigo e não de mulher. "Não sei por que eles achavam isso..."

"Ah... bando de idiotas que não sabem que existe amizade entre sexo oposto." Tina concordou.

"É, mas tem o Bispo, o Dook, o Marcel, o Gil... O Lean não implicava com eles não?"

"É diferente..." Bispo começou.

"Ah, mas vocês dois..." Gil pronunciou ao mesmo tempo.

"Olha todo esse espaço no sofá e olha como vocês estão." eles exemplificaram. Percebi que meu abraço em Tina permanecia. Eles não viam problema nisso, sabiam que ali não havia nada mais. Eu e Tina também não nos incomodávamos com o que os outros pensavam, e aquilo não mudou nem um pouco a proximidade da nossa relação. Continuamos ocupando o mesmo espaço no sofá, mesmo após o comentário dos dois.

Tina disse que não mudaria, que se recusava a se afastar ou mudar o tratamento com seus amigos por causa da insegurança de qualquer namorado que tivesse. "O Leandro usou isso como desculpa. Quem trai, trai por qualquer motivo que encontre, ou mesmo sem motivo, e eu não ia deixar que ele jogasse a culpa da infidelidade dele pra cima de mim. Mas eu asseguro, dói pra caralho. Tudo o que você quer é esganar o maldito. Ou melhor ainda, estraçalhar o coração dele em um milhão de pedaços. Então eu acho que no final eu concordo com você, Benz, a esposa não iria ganhar nada ao matar o marido e a amante. É uma pena que eu não tenha visto essa peça antes." Tina concluiu, se virando pra mim, aquele sorriso rebelde tão próximo do meu rosto que meus olhos mal conseguem focar.

No ônibus, embarcou uma turma com seus trinta e poucos, vestindo tons de laranja e cantando alto, mas de forma alguma cantando mal. Os lábios de Mabel os acompanhavam numa altura que somente Paul podia ouvir. E ele dançava com os ombros e braços e ria. Eu fico imaginando se eles são assim, irreverentes, na aula de vinho ou se aquilo era efeito dessa noite.

Até que Mabel olhou pela janela, disse algo para Paul e se levantaram. "É aqui." Descemos do ônibus numa rua arborizada, com lanternas pendendo dos galhos. Andamos ainda um quarteirão. Mabel dividindo o longo *scarfe* azul com o pescoço de Paul, fazendo do tecido uma ponte entre os dois. Alguém tocava Bruno Mars num apartamento acima de nós.

No prédio da esquina, Mabel tocou o interfone. "Por que estamos aqui mesmo?" eu quis saber, percebendo que por um momento fiquei alheio aos planos. De fato, o encontro com Dylan me deixou abalado e desconexo por um momento.

"Amiga da Mabel." foi a resposta de Paul.

"Tem certeza de que ela está em casa?" Sandquist se impacientou.

"Sim, ela me convidou ontem..." Mabel tocou o interfone mais uma vez. Passou um carro preto com fitas brancas e led amarelo iluminando o asfalto. Na sua lateral, a logo da IAC e as letras icônicas de Landmark II. As pessoas nas calçadas saudavam o veículo como se fosse importante, como se fosse um ensaio para a volta das cosmonautas daqui a alguns anos.

O portão se abriu sem nenhuma interrogação. Dando de ombros, seguimos Mabel até o elevador. Ela falava sobre civilizações perdidas e o caráter cíclico do progresso tecnológico e como o futuro da humanidade estava fadado à volta da pedra lascada. Sandquist concordou, era provável que povos antigos já tenham visitado outros planetas e a Lua. Os morros de Marte são ruínas e escombros gastos por trilhões de tempestades de areia. E eu acrescentei à conversa um comentário sobre o livro de ficção científica (mais um que Rosie me indicou) de Morgan J. Balner, em que a humanidade veio de Marte colonizar a Terra após exaurir os recursos de seu planeta natal, secando rios, criando desertos estéreis e extinguindo toda forma de vida. "Já li! Fenomenal." Mabel apontou para mim, animada em descobrir uma nova afinidade.

Paramos no décimo quarto. A porta do apartamento estava aberta, convidando-nos a subjugar a hesitação. Mabel não viu obstáculo algum, que todo lar a acolhia. "A gente espera aqui?" perguntei mais pros dois do que pra Mabel.

"Não, vamos lá." Paul se prontificou.

Era uma festa íntima, embora contasse com trinta a quarenta pessoas distribuindo-se nos cômodos. Uma mesa posta com quitutes baratos e uma seleção de rock clássico vindo da sala. A televisão jogando um toque de luz azul, muda, lembrando Marte num documentário da *National Geographic* e a contagem em 2:37. Mabel, obviamente, saudava todos em que punha os olhos, até encontrar a dona da casa.

Shylah deve ser um pouco mais velha que nós, entre os quarenta e sete e cinquenta anos, com um corpo admirável, daqueles que se exercitam diariamente e que cada caloria consumida é fiscalizada. Uma tatuagem de algum símbolo budista e um astral típico de uma instrutora de Yoga ou coisa parecida. Ela falava com fluência, como se suas palavras estivessem escritas em algum lugar atrás do ouvinte. Ela não precisou de muito para nos convencer a pegar um drink. "Você parece feliz!" ela disse para Mabel.

Sim, Mabel estava radiante, ainda mais do que quando a conheci. Talvez desde a praça. Ela não estava embriagada, não estava entorpecida, não estava celebrando. Era uma alegria inocente, quase infantil, que a levava a fazer brincadeiras bobas e a rir na cadência de soluços em mergulhadores. Era uma alegria contagiosa, como comprovamos, pois todos nós agíamos de forma mais jovial perto dela. E a unicidade rotaciona constante sob as mesmas expectativas, aproveitando as vantagens da interação humana como o oxigênio em nosso sangue. Então me diga o que não é motivo de celebração. Por que todas aquelas sondas espaciais deveriam trazer suas inquietudes de volta à superfície?

Mabel conhecia a festa inteira. "Então é aqui que estão seus amigos." Ainda assim ela preferiu estar na rua conhecendo estranhos e na companhia de um adúltero. Ela ia de um lado a outro falando com todo mundo, enquanto o resto de nós estava na varanda, repassando nosso repertório de conversas fáceis com convidados sociáveis na embriaguez. Quem é você? O que você faz? Para onde vai? O que você viu?

E dali a gente via as luzes da Praça Grande e o movimento em outros andares. Até levantamos nossas taças, brindando com desconhecidos nas varandas do prédio vizinho. Mais abaixo, um homem de cueca fechava as cortinas. Ao lado, uma família se sentava para jantar, três cãezinhos trotando ao redor da moça que trazia a refeição. Em outra varanda, um casal dividia um baseado na rede. No quarto, a janela enquadrava parte de um berço. Um vidro estreito se embaçava com o vapor de uma ducha quente. Mais pra cima, amigos jogavam *Rock Band* num monitor tão grande quanto o meu.

Em cada apartamento, cada janela, uma história, um universo distinto. Lá embaixo transitam sem ciência dos que observam de cima. Assim como nós, horas antes. "Em algum momento você imaginou que estaríamos aqui em cima?" Sandquist propôs, estimulado por uma reflexão semelhante à minha.

"Cadê sua *BFF*, Paul?" alfinetei, ao mesmo tempo começando a me perguntar quanto tempo passaríamos ali.

"Ela é uma peça rara, não é? Não me admira todo mundo aqui adorá-la."

"Ela é de fato adorável. Por que não nos trouxe ela antes?

"Tava mantendo ela em segredo, Paul?" Sandquist brincou, e pude ver um lampejo de incômodo nos olhos de Paul. Rapidamente, ele disfarçou num sorriso e disse que nunca tinha convivido com ela assim. Eles trocavam algumas poucas palavras no curso de vinho e só. Ok, Paul. Certamente não era o que indicava o fato dela ter aprendido com você o truque de Malory. Deve ter sido um engano meu, perdão.

Eu me segurei para não expor sua contradição. De nada me serviria arrancar mais desculpas. Na hora, fiquei com o benefício da inocência. Vamos, por um momento, fingir que exista uma amizade assim, livre de qualquer atração sexual. Talvez Paul não quisesse abri-la para o mundo justamente para evitar esse tipo de julgamento que estou fazendo, o mesmo julgamento que por muito tempo eu e Tina tivemos que refutar ou ignorar. Aquele 'aí tem coisa' de idiotas que não acreditam na bela amizade entre o masculino e feminino. Então, tudo bem, Paul, engano meu.

Quem sabe em outras circunstâncias, outros caminhos, onde seu casamento não fosse feliz, ou que nem casado você fosse, se nunca tivesse conhecido Malory ou se tivesse conhecido Mabel antes, bem antes.

É como essa atriz no meu arsenal, que conheci na época da faculdade. O nome dela é Rosie e ela vivia dizendo como gostaria de ter me conhecido antes. A família dela estava na indústria têxtil e, definitivamente, o sucesso da minha fábrica de uniformes passa pelas mãos de Rosie. Ela me emprestava CDs de bandas que eu nunca tinha ouvido e hoje em dia são as minhas favoritas. E dividia as melhores dicas de filmes, livros e séries, que eu nunca assistiria se não fosse por ela. Então eu também gostaria de ter conhecido ela antes.

Muito mais grata era ela por sua epifania sexual do que eu pelo meu engrandecimento cultural. Que, antes de mim, ela só tinha se deitado com uma pessoa, um cara abusivo que só se preocupava com seu próprio prazer e a fez acreditar que sexo era sem graça e maçante. "É hiperestimado. É como café, *The Beatles* ou bacon. São coisas que enfiaram na nossa cabeça desde pequeno que é excepcional, mas nunca fizemos nossa própria avaliação para perceber a verdade, que é mediano, razoável ou apenas bom." ela dizia. Ah, Rosie, sexo pode sim ser excepcional. "É mesmo? Como?"

No quarto de Rosie tinha um pôster autografado de Oasis e outro raro do primeiro Rock in Rio. Num dos cantos, um barbante pendia salpicado de *tsurus* que ela mesma dobrara. E na sua janela, uma hortinha em vasos. Na estante, junto de seus livros, miniaturas de animais de plástico. "É o horóscopo chinês!" constatei.

"Sim. O dragão foi problemático, eu tentei arranjar um dragão-de-komodo, mas não acho em lugar algum, então tive que improvisar com esse Pokémon."

Ela desejava ter me conhecido antes, que na certa eu teria aberto seus olhos para todas aquelas razões, e ela usaria ao menos uma para terminar seu namoro de uma década.

Mabel nos encontrou e nos guiou até um quarto decorado com mandalas e cortinas de miçangas, uma cama grande no meio e um armário repleto de espelhos. "Ela disse que o irmão guarda umas roupas aqui que vocês podem pegar." Observamos de pé, próximos a cama, enquanto ela revirava as gavetas e jogava cores quentes sobre o colchão. A música chegava abafada pela porta fechada. Mabel já tinha trocado seu *scarfe* azul por um xale com estampa predominantemente vermelha. Por fim, chegamos a um resultado satisfatório no disfarçar de nossas roupas.

Na tela de plasma, a contagem marcava 2 horas e 26 minutos, e ali encontramos Shylah. Agradecemos a hospitalidade e o empréstimo das roupas. Prometi passar mais tarde na semana para devolvê-las limpas e lavadas. Ela ainda nos convidou a ficar mais um pouco, mas dispensamos educadamente, com medo de perder nosso transporte.

"Tem uma van saindo meia noite e dez." Mabel parecia ter tudo sob controle. Olhei o relógio, os números da Terra, não os de Landmark II. Eram 23h55. Eu havia perdido a noção das horas já há um tempo e julgava ser muito mais cedo do que isso, tendo em vista minha ainda vibrante disposição.

"Vai dar tempo?" eu me preocupei.

"Sai ali do centro turístico, um quarteirão só."

"Ainda assim eu diria que estamos atrasados."

Nós nos despedimos e nos direcionamos para a porta. Mabel ficou para trás, se delongando um pouco mais com a anfitriã. Eu vi Shylah lhe beijando a testa e, em seguida, dizendo algumas palavras que deixaram Mabel inquieta. Ou eram palavras de consolo diante de uma inquietude já instalada. Ela olhava para baixo, meneando a cabeça de um lado para o outro e segurando as mãos da amiga.

Quando veio ao nosso encontro, parecia exausta. Paul, muito mais ciente de sua tristeza do que eu ou Sandquist, tentou reavivar sua chama, propondo uma corrida até o térreo pelas escadas. Funcionou. Os dois dispararam pela porta corta-fogo como duas crianças apertadas para ir ao banheiro. Eu e Sandquist olhamos um para o outro em silenciosa cumplicidade e aguardamos o elevador.

Descendo a contagem regressiva do 14 ao H, propus ao meu amigo: "É melhor ficar de olho nesses dois." Ele não precisou de mais argumentos, o que pra mim serviu como uma brisa fresca para o calor da minha paranoia. Se Sandquist fazia coro ao meu incômodo, não havia de ser exagero de uma mente idiota.

"Inicialmente, eu achei que ela se daria bem com você, mas agora ela só tem olhos para o Paulie."

"Ela parece não enxergar a aliança no dedo dele." Um símbolo tão óbvio e visível, mas sob recorrente ignorância. Para o que serve então? Longe de querer vitimizar Paul, chamei a atenção para seus constantes elogios, sorrisos e aquela proximidade incômoda. Se ele não percebia, por acaso envolto numa empolgação momentânea, estava na hora de seus amigos chamarem a atenção. No mínimo para deixar claro que ele estava sendo observado com desaprovação pela sua postura galante.

Então, dali em diante, o plano para o resto da noite era manter um longe do outro, fosse num discurso convincente ou com manobras sincronizadas. Ou os dois casos se complementando, como seria a situação da van.

Bom, o elevador chegou um pouco antes da dupla, que veio ecoando suas risadas pelas escadas.

"Você acha que eles pararam pra dar uns amassos?"

"Caramba, Sandquist..."

"É uma pergunta legítima."

"Vamos dar um pouco de crédito aos dois. Ainda parece ser uma dinâmica inocente."

"Ainda."

Um sentimento de urgência chegou ao meu peito antes de Paul e Mabel chegarem à rua, ofegantes para nos alcançar. Mabel comemorava e Paul provocava que tinha deixado ela ganhar.

"Quem diria! Malory vai adorar saber que você está ficando menos competitivo. Ou é só hoje?" tentei trazer a esposa à tona, falando alto para Mabel ouvir seu nome acima do som de sua própria risada adorável. Eu sei, ela ouviu. Mas fingiu que não.

"A gente fazia essas noites de *fondue*, jogos e música na casa do Paul. Em todos esses anos ele sempre levava muito a sério, e quando a espo..." minha anedota foi abafada com um estouro. Um trio de jovens acendera uma bombinha atrás de nós e o susto de Mabel foi tamanho, que ela gritou. Todos rimos. Eu também não resisti à descontração, enquanto Mabel perseguia um deles para lhe dar um safanão bem humorado. Outro trajava uma fantasia completa de cosmonauta, uma réplica muito bem feita dos modelos da IAC.

Avançamos a passos largos, poupando palavras para melhor usar o fôlego. Logo percebi que outras pessoas de laranja e vermelho acompanhavam nosso ritmo na mesma direção. Um outro grupo veio de trás, passando correndo por nós e nos encorajando a acelerar.

Não era bem uma van, era um micro-ônibus, que passou pela rua adjacente sem nos considerar e parou no centro turístico pontualmente para receber um trio. No curto tempo em que embarcavam, viramos a esquina um pouco atrás dos nossos companheiros de corrida, que por sua vez já gritavam e acenavam para o motorista da paródia celeste. Vimos as luzes de freio se apagarem, anunciando a partida e, em seguida, despertarem vermelhas com a comoção do casal, do trio e do quarteto em retardo.

Assim que se sentou, Mabel pegou sua canetinha, deu um beijo e a ergueu para o espaço, reconhecendo o esforço de seus pulmões. Sandquist convocou o outro: "Aqui, Paulie, vamos trocar uns verbos." Eu me prontifiquei para ladear Mabel, criando um argumento intransponível para Paul não negar a proposta do amigo.

O interior do ônibus era escuro, forrado de preto, iluminado com LED laranja no piso e no teto. A carcaça imitava um céu estrelado. Os vinte e seis assentos acolhiam satisfatoriamente pouco menos da metade de passageiros. Parece que todos que iam para o Observatório já estavam lá.

Mabel me recebeu com um sorriso vitorioso, e não precisamos dizer mais nada um pro outro. Eu ofegava e me hidratava com saliva, meio divertido e meio contrariado pela aventura que se enfeitava a cada pulsar de engrenagem. Ela tragava suavemente de olhos fechados ou olhando para cima, um semblante sereno e uma fumaça incolor de um cilindro sem brasa. O ar condicionado esfriando nosso suor incipiente. Outras vozes retomavam suas experiências.

De onde vem seu fôlego? Que força queima em seus pulmões e oxigena suas pernas como um formigueiro jovem em frenesi criativo? Qual tamanha afinidade com o oxigênio que escapa-nos acima, na camada de ozônio, que escassa em Marte como se não existisse?

"Eu mergulhava." ela disse, normalizando a respiração.

"E não mergulha mais?"

"Era uma coisa que eu fazia mais pra acompanhar meu ex. O mergulhador era ele. Apnéia. Ficava quatro minutos sem respirar."

Um ex-namorado que valia a pena mencionar. Pela primeira vez trazia-o numa sentença, mas longe da presença de Paul. Talvez perto dele ela nem se lembrasse do cara. Ou evitava mencionar por consideração à Paul, que talvez não gostasse de retomar o passado amoroso de Mabel. De qualquer maneira, fiquei sabendo ali que tinha sido um relacionamento de quase seis anos e eles até moraram juntos.

Relacionamentos longos com términos recentes é um dos maiores desafios para conhecer alguém. Claro, é muito melhor ouvir sobre um ex-namorado do que sobre um namorado. Mas um ex nada mais é que um parâmetro de comparação. Eu encontrava Rosie depois dos ensaios dela e por vezes chegava antes do combinado e ficava no fundo da plateia. "Que fofo! Meu ex nunca assistia aos meus ensaios."

Rosie mencionava o rapaz no mínimo umas três vezes por dia. Coisas bobas e pequenas remontavam ao seu namoro em decomposição, em uma gama de categorias: boas lembranças, más lembranças, reclamações, histórias engraçadas e a minha preferida: comparações. Quanto mais durar o relacionamento, mais referências existirão no mundo. Esse é o problema com ex-namorados, eles persistem por um tempo. A perturbação que causa uma pedra na superfície da água.

Quando conheci Rosie, ela tinha terminado há apenas cento e vinte dias, nas palavras dela. "Cento e vinte dias. Quatro meses faz parecer pouco tempo. Me ajuda a superar, entende? Ah, ela tá chateada ainda, mas fazem só quatro meses. Agora, quando eu digo que são cento e vinte dias, é inaceitável, garota, bola pra frente." E o contrário também funcionava, afinal, eles não ficaram juntos por dez anos, mas apenas uma década.

Cento e vinte dias, por mais que possa parecer, e mesmo que convertamos em horas ou segundos, não foram eficientes em desfazer toda a presença do ex na vida de Rosie. Velocidade de cura, me parece, não é uma ciência exata.

Era bastante claro, e até admitido, que Rosie se envolvia comigo para se curar mais rápido. E comecei a me perguntar se Mabel não buscava o mesmo em Paul. O caso dele, por sua vez, era bem definido para mim: ele voltou a sentir o vazio que sua primeira paixão deixara e Malory, por um tempo, deu conta de esconder. Agora ele buscava encaixar outro alguém na contraforma da talzinha, do amorzinho bumerangue que nunca deu certo. Quantas amantes Paul teria tido? E quantas haveria de ter? Uma para cada lasca de seu coração fragmentado? Para que então sustentar uma união desunida há uma dúzia de meses?

O curioso é notar que Rosie nunca tratou o ex-namorado pelo nome. "Meu ex era incapaz de dividir um cobertor comigo." "A irmã do meu ex-namorado sempre me falava desse filme." "Meu ex gostava mais das músicas em que o Noel cantava, acredita? Que a banda sobreviveria muito bem sem o 'marrento do Liam'. Isso, por si só, já devia ser motivo pra término." ela brincava. Não que o nome importasse (sem querer citar Shakespeare), mas é que o título tampouco. A maioria das menções poderiam ser feitas com "um amigo" "alguém" "conheci um cara que..."

Um ex nada mais é que um atestado de amabilidade. É poder, numa sílaba, dizer que você foi importante para alguém, que foi amada ou algo muito semelhante a amor, que por um tempo se comprometeram com você. Parabéns. Mas onde ele está agora?

Mabel tinha rompido o relacionamento dela de seis anos há pouco tempo, ela me disse. "Eu não estava feliz com ele, estava acostumada, nada mais. E na época tinha acontecido coisas na minha vida que me fizeram pensar sobre tudo, minhas decisões, quem eu realmente era. Eu estava vivendo de uma

2:

Maneira artificial." Ela tragou profundamente, antes de continuar num tom baixo, tentando não perturbar o clima pacífico do transporte. Todos pareciam economizar as energias ali dentro.

"Eu nunca fiquei sozinha, Benz, isso é novo pra mim. Desde os meus dez anos de idade era sempre um relacionamento atrás do outro. Mesmo se não fosse um namoro, eu me envolvia com alguém tão imediatamente que... Antes de agora, o máximo que eu fiquei sozinha foi doze dias, sendo que desses doze, em sete eu estava doente, do contrário seriam cinco dias. Tem algo errado comigo?"

Eu me identifiquei com sua postura, mas nunca tinha parado para questionar se tinha algo errado. Ainda que fossem abordagens - para não dizer estratégias - diferentes, o resultado era o mesmo. Eu não sei ficar sozinho. Eu nunca tentei ficar sozinho.

"Acho que eu me distraía dos meus próprios sentimentos. Agora, depois de muito tempo, talvez pela primeira vez na minha vida adulta eu me permito sentir e viver de acordo."

Foi preciso a fragilidade da nossa existência. A impermanência do tempo que temos. A partida paterna, a despedida inconformada e o berro no âmago que contesta 'o que estou fazendo aqui?' Os grãos de areia escapando entre os dedos.

"Quando meu pai morreu, no ano passado, eu tive um *insight*. O clichê que a vida é curta é um engano perigoso. A vida é longa, Benz, e é por isso que a gente sempre acha que vai ter tempo depois. De fazer qualquer coisa, principalmente o que queremos e o que importa de verdade. Desde então, eu não quero deixar nada pra depois, nada pra mais tarde. Tento viver no momento, sem arrependimentos."

Falando em clichê...

Ela respirou fundo, a caneta tocando seus lábios. E sua declaração assentou nos meus ouvidos, reforçando essas preocupações. Sem rodeios ou introdução, perguntei num disparo nada sutil:

"Você conheceu a Malory?"

Mabel sorriu, como se rememorasse um momento agradável.

"Paul fala muito dela. Espero ter a oportunidade."

Não pude deixar de pensar que ela olhava direto em minhas intenções.

"Ela é uma pessoa muito doce. Um coração de ouro."

"Você se arrepende de alguma coisa, Benz?"

Dei de ombros, tentando conectar sua fala à minha, me esforçando para antecipar onde ela queria chegar. Ela reformulou:

"Algum grande arrependimento na sua vida, algo que você tentou reparar, mas já era tarde demais?" Ela girou a caneta em seus dedos antes de guardá-la, se ajeitou na poltrona, trazendo seus pés para cima do assento, joelhos dobrados.

Talvez eu tenha.

"Como você se sentiu?" ela resmungou, tombando sua postura para meu lado e se cobrindo com o xale.

Eu não sei. Eu nem sei se eu tenho. Acho que não. Não me arrependo.

"Deve ser bom..." Senti sua cabeça escorar em meu braço esquerdo. A noite entrara numa estranha calmaria. Mabel olhava pela janela escurecida, os postes, os carros, as casas do subúrbio e as ruas isoladas. Eu entendo esse vale de tristeza, mas não sinto muito pelos seus planos frustrados. Sinto muito que você tenha se interessado pelo cara errado e que você tenha fantasiado que essa noite finalmente algo iria acontecer. A esposa viajando, a euforia mundial, a conclusão de uma epopeia que nos une, que nos atesta humanos, terráqueos e nos inspira a querer amar sem precisar de ser amado. E na descontração e emoção dos relógios zerados, ela poderia arriscar beijá-lo nos lábios ao mesmo tempo em que ele, comovido, decidisse viver o momento sem arrependimentos. Ele não escutaria a polifonia em seu bolso e nem sentiria o vibrar contra sua coxa. Pois a Ninja estava longe e a noite fora do curso do tempo, então é como se não acontecesse, como um truque de cartas. E nesse beijo, a saliva dela iria aquecer sua boca inexplicavelmente fria na madrugada do dia-marte. Mas dia seguinte seria dia-mercúrio, deixando tudo pra trás, se não fossem os vestígios da noite passada denunciados por suas mesmas roupas, as roupas que tudo testemunharam na noite-marte, as roupas que na manhã-mercúrio cobririam todas as marcas passionais deixadas em sua nudez, as roupas que se pudessem falar nada falariam. Fobos e Deimos.

E seu segredo estaria inviolado quando Paul se explicasse para a arqueóloga que não atendeu porque dormira, que o pouso foi muito tarde para seu velho corpo lupino. E certamente, as testemunhas nada diriam, pois eram homens, e em Marte não se fala venusiano, e até achariam admirável ou no mínimo natural que Paul conseguisse se dar bem mesmo casado, o recatadinho do Paul-amor-eterno, o neorromântico recuperando o tempo perdido com mentiras convincentes. E certamente as testemunhas nada diriam, pois eram mulheres, e em Vênus marcianos fazem o que querem, e o mundo sempre foi assim, e ela pode se considerar de sorte por ele não agredi-la em momentos de fúria ou não humilhá-la ao largá-la por uma segunda família e até achariam bem-feito, que ela viaja demais, ela é carente demais, ela é bonita demais, ela é feliz demais.

Eu não sinto muito por empatar seu coito, ó, moça solitária que conhece o mundo inteiro. Eu sinto muito por você ter escolhido o casado errado para reabilitar seu ego rejeitado ou pra fazê-la se sentir jovem, impulsiva, implacável e resolvida na vida, jamais arrependida.

Mas nem que não fosse Paul, que fosse Rup, ou Martin ou Sandquist - mesmo que Sandquist não seja exatamente casado, mas, sem dúvida, mantém uma fidelidade que falta a muitos casamentos - eu não iria lavar minhas mãos e ficar de fora das prerrogativas que não me cabem. Mas de todos, é o Paul, meu amigo mais antigo, casado com Malory, aquela que não merece nem o prelúdio de uma traição. Um doce de pessoa, um coração de ouro. Mas formigas-açucareiras devastam um doce em segundos, e até o ouro tem uma temperatura de sublimação.

Claro, Corina e Justine não merecem nada além, ninguém merece. Mas não destaco as duas porque não foi o casamento delas em evidência na corda bamba na noite de hoje. O que quero dizer é que eu estaria igualmente preocupado e envolvido. Talvez, exceto Sandquist, se fosse Sandquist. London bem que precisava de um troco, ou talvez ela nem ligaria. Então ela deveria valorizar mais a devoção infinita desse homem.

"Mas ela valoriza, Benz. Aliás, é só por isso que ela continua comigo. Pelo dinheiro que não é. Os clientes dela são constrangedoramente ricos." Sandquist dizia não se importar, que tinha perfeitamente decantado a vida profissional de London de sua vida pessoal.

"Verdade, não deixa de ser apenas o trabalho dela." eu ouvia a voz de Aly vir pelo telefone sobre o distante som de fritura. Nessa época, ela já estava há muito estabelecida em Hudson Bay.

"Mas ela poderia já se aposentar, e teria dinheiro o suficiente para viver três vidas inteiras." exagerei para fortalecer meu argumento infundado.

"É, Benz, você também. Eu também. E ninguém fica por aí achando um absurdo a gente ainda estar trabalhando."

As únicas pessoas que concordavam comigo eram Rup, Corina e Malory.

"Ah, me poupe, é claro que conta como traição. A única diferença é que não é escondido, ela não mente pra ele." Rup se exaltava diante dos restos de *brunch* que nos oferecera.

"Não sei se chega a configurar como traição. Se eles combinaram que seria um relacionamento aberto..." Paul amenizava.

"Eles não combinaram. Ela impôs e Sand aceitou. Mas ele, da parte dele, abriu mão do passe livre. Até onde eu sei." Malory nessa época já estava mais soltinha pra expressar sua opinião.

"Passe livre?" zombei.

"É, passe livre. Que foi? Não é assim que fala?" ela riu.

"O corpo não vê a diferença, Paul. Você acha que os clientes a fodem profissionalmente, como uma transação de negócios?"

"Rup!" Corina chamou a atenção do marido, que ela aninhava seu segundo bebê no colo.

"Ele não entende, Cora..."

"Com cinco meses ele já está absorvendo vocabulário, meu bem." ela censurou, com um olhar discordante.

"De qualquer forma, pergunte pra amiga do Benz se existe algum ator que não fique... animado." Ele enrijeceu o braço com o punho fechado.

"A Rosie não faz cenas de... esse tipo de cena."

"Por isso poucos atores conseguem manter um relacionamento longo. Ciúme."

"Sandquist não tem ciúmes dela." Paul rebateu.

"Porque não tem imagens da London... trabalhando."

"Por isso muitos casais que atuam juntos num filme acabam juntos na vida real, né? Realmente é difícil separar." Corina constatou.

"Mas vocês estão falando como se ela trabalhasse num... estabelecimento de... coisas adultas. Ela vê poucos clientes, seletos, que querem ter uma mulher bonita ao lado para usar as joias que eles podem comprar. É uma companhia, só." Paul levantou um ponto crucial que parecíamos não levar em conta.

"É, mas no final da festa..." Malory pintou a cena com apenas uma pincelada. Mas mesmo que não houvesse o ato sexual, mesmo que fosse só uma carícia, ou aquela mão no seu joelho por baixo da mesa, ou a conduzindo pela cintura com a ponta dos dedos, ou como andam de braços dados brincando de casal. E Sandquist sozinho, esperando ela ligar depois do expediente.

O ônibus nos afastava da cidade sem escalas. Notei que Mabel cochilava quietamente, o calor dela instalado no meu braço. A gente subia o morro em espiral, os postes espaçados e olhos de gato margeando o asfalto.

"Não vai durar, você vai ver." profetizei por fim, sobre Sandquist e London, naquela conversa com Aly. Em seguida, ela ficou em silêncio, concentrada em empratar um pedido. Minha fala ecoou em meus ouvidos e pareceu cruel. "Mas eu espero que dê certo. Espero estar errado." E eu podia até enxergar o sorriso convencido da *chef* do outro lado, tendo eu concordado com seus pensamentos finais sobre o assunto.

E parece que eu estava errado. Que mesmo que acabasse hoje, o relacionamento dos dois já se provou duradouro com esses seis anos. E não parece que vai acabar hoje, nem amanhã. Nem com uma tal de crise de sete anos, que por sinal parece desconhecer o casal. É irônico constatar que de modo tão inconvencional eles tenham se mantido tão firmes quanto o suposto par perfeito que é M & P, P & M. E se você se lembrar, no início da minha reflexão, logo que cheguei em casa após essa noite fatídica, eu sugeri que Paul e Malory não durarão, infelizmente, até as bodas de estanho. Já S & L... Bom, talvez não seja uma surpresa afinal. O que eu não via naquele primeiro ano, mas agora sim, é que sempre houve respeito e verdade entre os dois.

"O que dói é a mentira, Benz." Tina me mostrava suas cicatrizes.

Não poderia ser traição, que a lealdade não era baseada em sexo, mas respeito e verdade. London é fiel ao sentimento, e isso seus clientes jamais poderiam dar. Isso é algo apenas de Sandquist e ele sabe, e é por isso que não tem ciúme dela. Eu posso estar certo quando digo que se fosse Sandquist a flertar Mabel, London não ligaria. Mas ela não ligaria porque sexo pra ela não implica envolvimento, afeição, sentimento. É interação física, transação comercial.

No início, Sandquist pagava. Até que ela recusou, dizendo que aquilo não era mais trabalho, era lazer. Ela não ia pelo dinheiro, ela ia pela companhia, ia porque gostava de sair com ele. Então nisso ele se assemelhava a Paul: que tanto London quanto Malory não estavam ali hoje por força de trabalho e não por falta de vontade.

E eu? Quem gostaria de estar comigo essa noite? De quem eu senti falta? Que companhia poderia me preencher? Pra que esse arsenal que me impedia de terminar a noite sozinho e aqui estou eu, sozinho?

Porque antes eu havia dito pra Mabel que eu era como ela, nunca tinha tentado ficar sozinho e que não sei ficar sozinho. Mas então ali, no silêncio do ônibus, na velocidade do asfalto abaixo, na plenitude da serra ao redor, eu percebi que eu sempre estive sozinho. Eu nunca tentei ficar junto.

Você tem arrependimentos? Talvez eu tenha. Acho que sim. É, eu tenho. Apenas um:

Ele tem asas nos pés e fez de minha dor pesadelos; ele nada em fontes de neon e é cartógrafo de meu corpo; ele se apressa por memórias citadinas para testemunhar o ocaso; ele me transmite o silêncio de sua companhia por satélites mecânicos; ele invade castelos e provoca fantasias num único frame; ele conhece o mundo inteiro e faz de estranhos belos amigos íntimos; ele caça notas musicais em cartas de baralho; ele fragmenta espelhos; permeia meus sonhos; ele possui o zodíaco numa estante; ele desenterra ossos para adornar a sua solidão. Um toque de mim, algo de você. Eu deveria ter tentado mais. Eu deveria ter mantido o contato.

O caminho tortuoso entre pinheiros nos levou até o cume. Mabel despertou sem que eu precisasse intervir. Descemos bem em frente ao portão principal. Uma batida chegava de longe, dando pistas do evento. Na portaria, tecidos laranja desciam em tiras até o chão. Nossos companheiros de viagem subitamente ganharam vida novamente quando o ônibus parou, desceram excitados com o que a noite prometia, ingressos em mãos, saltitantes e sorridentes, vocais.

Mas não fomos por ali. Seguindo Mabel, demos a volta até o estacionamento. Pouca gente circulava por ali. Todo mundo já tinha chegado.

Sandquist já acionava Billy pelo telefone. "Ele disse que vai estar perto de um caminhão preto." Não foi difícil encontrar. Na verdade, estava bem evidente, bastava seguir o perímetro. E lá estava nosso contato, encostado na grade, com um cigarro e engradados vazios de energético. Ele abriu um sorriso fotogênico ao nos ver, e Mabel o saudou com um abraço e um sonoro "Meu Billy!", como se fossem família.

Billy nos guiou pela entrada dos funcionários e depois por uma passagem fechada entre as árvores, contornando uma parede de concreto, andando em fila indiana. Ali estava a retaguarda dos banheiros. A música ficando mais alta. Uma cozinha movimentada.

E de repente, numa última curva, lá estávamos, cercados por tendas monocromáticas e com levitadores acima de nós conduzindo a iluminação no ritmo de *eletrobeat*. A contagem projetada em um anteparo enorme, as notícias em telas menores - mas ainda assim grandes - espalhadas pelo espaço. Matwuana Getkho, diretora da Agência Internacional de Cosmologia, se pronunciava em visível êxtase. Apenas mais 1 hora e 28 minutos.

Nós nos afastamos da multidão entretida, subindo pelo gramado. O enorme domo se erguia do ponto mais alto da serra, nos atraindo com luzes suaves na parede externa. A última vez que estive no observatório foi no *fast-tour* de despedida da Aly. Era semana de observação de nebulosas, e naquele dia foi a M42, a nebulosa de Órion. "Quem diria que é ali que está a resposta da vida, do universo e tudo mais." ela remetia ao Guia do Mochileiro das Galáxias, brincando com o número 42. Mas, dada nossa pressa, só foi possível uma olhada rápida, sem a contemplação que aquela arte cósmica exigia. "E se Adams estivesse mesmo falando dessa nebulosa, dando essa pista em seu livro? E se ele soubesse de algo e estivesse tentando nos dizer discretamente? Agora, finalmente, você matou a charada, mas nem mesmo a gente leva a sério, então o segredo continua oculto." dei corda.

Havia uma grande fila para entrar na cúpula. E nem é preciso dizer para onde o telescópio estava mirando. Aquele ponto óbvio do sistema solar. Pelo gramado, lunetas menores se ofereciam, presas em hastes metálicas. Essas já não eram tão disputadas, sendo preferidas durante o dia para observar a cidade, um ângulo mais amplo para o solo do que ao céu. Mas ainda tinha algumas pessoas se esforçando para enquadrar estrelas ou satélites. Eu olhei para os pontos de luz na Terra, aquela imensidão de estrelas elétricas, tremulando com a distância numa inquietude frenética. E através das lentes eu me aproximei e busquei a minha casa. A Praça Grande eu encontrei de imediato. A estação ferroviária, o estádio de *hockey*, o canal iluminado de embarcações se esparramando nas águas, luzes coloridas de uma festa numa cobertura, faróis automotivos traçando viadutos.

No ano em que fiquei amigo da Tina, fomos numa excursão ao observatório. Quarta série, na semana do meu aniversário, eu ainda estava com meus dez anos, quase onze. Eu me lembro que estava frio e o observatório ofereceu mantinhas. Eu me lembro da gente contornando o prédio agigantado pela nossa pequenez, e alguns colegas tinham lanternas portáteis, de chaveiro. O monitor nos ensinava constelações com um laser verde de apontar estrelas. Eu me lembro da cúpula. E me lembro das crateras da lua. Chocolate quente. Tina, Dook, Bispo, Marcel, Gil e eu. E eu me lembro de pensar que eu estava num bom lugar e que desejei mais tarde, diante de minhas velas de aniversário, ter aquilo para sempre. Eu desejava, sem saber, em cima de mais de setenta anos. Mas ninguém que quebra um espelho pode ter tanta sorte assim, é antinatural.

Pela segunda vez na minha vida, senti falta de casa. E é engraçado dizer isso sobre aquela cidade portuária em que vivi meus primeiros dezoito anos e ainda não chamar essa cidade de água doce em que morei nos últimos vinte e quatro anos de casa. "Casa é onde o coração está." ditava uma plaquinha fofa no quarto da Tina.

Um timbre familiar me chamou. Martin e Justine me viram da fila de observação e acenaram. Os dois cobertos de tons laranja-avermelhado e vermelho-alaranjado, dos pés à cabeça.

"Aí estão vocês! Achei que tinham se perdido pelo caminho." brinquei.

"Nem vem, eu sei que vocês acabaram de chegar. Como você se sente, chegando atrasado?" Justine revidou.

"É... Com Mabel nunca é só uma passadinha. Ela teve que cumprimentar a festa toda, um por um." Ao terminar, percebi com certo incômodo que eu já fazia piada com os (supostos) hábitos de Mabel, tratando-a como se fosse do grupo.

"Essa mulher não existe."

"Viu a exposição que montaram?" Martin mudou de assunto. Os dois me encorajaram a ir, disseram que estavam guardando nossos lugares na fila e o resto do pessoal estava lá dentro.

A exposição já começava lá fora, na entrada da larga passagem, com uma réplica muito fotografada e popular, em tamanho real, do robô *Spirit*. Lá dentro era uma produção do mais alto nível, com fotos em alta resolução de Marte, sondas, espaçonaves e cada passo da missão. Numa das paredes, uma contagem regressiva ocupando toda a superfície em números laranja. Era impossível se alienar do tempo que restava.

Localizei Paul e Mabel lendo o texto de um diagrama ilustrado, e um vídeo em repetição sobre a construção e o lançamento de Landmark II. Eles estavam de costas para mim. A mão dela sobre o ombro dele, a mão dele acomodada no ângulo do cotovelo dela. Não fui abordá-los, preferi fingir que não os vi e continuei minha visita.

Numa outra sala, vídeos em monitores verticais, com cada uma das tripulantes contando uma autobiografia curta. Os seus nomes e a bandeira de seus países em destaque, e uma ficha com dados pessoais. Aquilo era outro forte aspecto da missão que comovia ainda mais o mundo: a IAC formou uma equipe de cosmonautas mulheres, redimindo assim o ultraje da agência americana de mandar apenas homens para a lua, apesar de todos os estudos comprovando que o organismo feminino é muito mais preparado para os desafios de viagens espaciais. O homem pisou na lua, a mulher pisaria em Marte.

Quando olhei de novo, Mabel não estava mais lá onde Paul continuava a aprender. Eu segui para observar melhor o globo laranja suspenso no meio de um pequeno salão. Era um modelo de Marte, inflado com hélio o suficiente para se equilibrar com seu próprio peso, o que o deixava estático no ar, a uma altura de um metro e sessenta. Ali, os visitantes eram livres para interagir com o planeta flutuante. Sozinho no salão, eu o girei de leve e o observei se afastar, oscilando para cima e para baixo, até tocar a parede e assumir outra direção, outra velocidade e uma rotação diferente. O ser humano no controle de Marte. Quando desconhecidos entraram admirados, eu deixei o espaço, alguns segundos depois de observá-los na brincadeira. Pensei em Mabel e Paul brincando ali, estivesse a cena no passado ou no futuro.

Encontrei-a sozinha no salão seguinte, vagando entre ampliações fotográficas.

"Aí está você!" ela me saudou com um grito que fez todos no cômodo olharem curiosos. Acenei, constrangido, e fui ao seu encontro.

"Bonito, não é?" Ela estava diante de uma foto ultranítida do planeta vermelho. Cada vale, cada cânion, cada cratera, cada mancha glacial, cada montanha, cada tempestade de areia, cada rochedo, cada fenda, cada sutileza alaranjada na face iluminada. Inegavelmente belo, com sua cicatriz. Éramos apenas mais dois a contemplar o que tantos olhos já contemplaram, por gerações e gerações, sempre ali, distante, inalcançável, esperando. E agora estamos prestes a tocá-lo. Se não por nós, então por astrônomos de outras eras. Devemos isso a eles, que tanto descobriram para nós. No mínimo uma boa desculpa para comemorar.

Então me diga, moça solitária, o que foi?

"É só que, no momento em que aterrissarem, ou mesmo agora, eles devem estar se perguntando: 'Certo, e agora? O que vem a seguir?' Mas não de um jeito curioso e ingênuo. Com arrogância, com ganância, querendo sempre mais."

Aquilo me deixou pensativo, mas não entendi de imediato o ponto dela. Apenas depois, não muito tempo mais tarde, saindo do domo eu entenderia sua angústia e a sentiria no meu âmago.

Nós voltamos para a fila, e lá Paul e Sandquist já tinham se juntado a Justine e Martin. Já próximos da entrada, também tiravam fotos com *Spirit*. Mabel chegou invadindo a pose de um jeito palhaço, se lançando aos braços dos quatro. Também corri para aparecer no enquadramento. Ainda não faço ideia do resultado e sabe-se lá se um dia verei a foto, mas que fique registrada nossa noite memorável, até que uma tempestade solar chegue à Terra para apagar todos os dados e o tempo devore tudo o que foi impresso.

Foi Mabel que percebeu e nos apontou. "Hum... Vejam só..." ela convocou depois de exalar o ar sonoramente pelo nariz. Ela olhava para cima, para o monitor acima da entrada, seus lábios entreabertos num vago sorriso de admiração, seus olhos refletindo a luz morna. A contagem recuando para sua hora final. E ficamos todos encarando o último dígito dos segundos até que o algarismo magricela se tornasse um redondo zero.

1:

Ouvimos o pessoal da fila reagir. E um som distante de euforia coletiva chegando pelo gramado. Um único fogo de artifício estourou em algum lugar sobre a cidade. Um zero solitário passou a encabeçar a contagem. 59 minutos no Canadá, 59 minutos em Istambul, 59 minutos no mundo inteiro, 59 minutos em Marte.

De onde vem essa nossa obsessão com o tempo? Por que essa necessidade de medi-lo? "Quanto tempo faz, Benny?" Faz alguma diferença saber o número que me separa de Dylan, se são dois anos, se são oitocentos e cinquenta e nove dias? Se eu não vou para casa há vinte e quatro anos ou duas décadas e meia? E a saudade que me causa dura um dia ou uma vida inteira, continua saudade, sem determinar sua força ou qual é mais legítima.

"Por que você não tenta ligar pra ela?" Paul sugeriu, ainda no nosso primeiro ano de faculdade. Eu não ligava porque as coisas tinham ficado estranhas, mais estranhas do que já estavam naquele último ano antes da minha partida. Eu não tinha tanta certeza se Tina iria gostar de receber um telefonema meu.

Comprei um cartão de chamadas internacionais e, chegando em casa, segui as instruções cuidadosamente, testando a paciência do meu telefone enquanto ao mesmo tempo ganhava tempo para desistir da ideia. Mais de uma vez o sinal de ocupado me mandou recomeçar. Eu discava os números do verso do cartão de forma cada vez mais fluente até enfim somar o número da Tina.

A imagem de uns picos nevados, talvez Suíça, e na parte de baixo do cartão várias bandeiras bem conhecidas. E um texto diminuto que não me propus a ler. E a nota repetida em meu ouvido esquerdo como um mantra mecânico.

Só então pensei no fuso horário que tinha me esquecido de calcular. E considerando a quantidade de toques, certamente não era um bom horário. Ou era sim, mas então ela não queria, afinal, me atender, tendo decifrado no número desconhecido uma ligação de fora do país.

"Benzinho! Oi!" A voz dela veio antes que eu pudesse desligar, ou no último toque antes que a operadora liberasse a linha.

"Oi, Titi." vacilei.

"Como está sua vida *maple leaf forever*?" ela estava ofegante.

"Que horas são aí? Eu posso ligar depois se você estiver ocupada."

"Não, eu estava tomando banho. Corri pra atender porque tive o pressentimento de que era você."

"Quer dizer que você está falando comigo só de toalha? Hum... Inspirador." não resisti fazer uma graça para quebrar o gelo.

"Toalha? Que toalha?" ela retribuiu, rindo. Senti um aperto no peito.

Em seguida, a gente entrou numa referência boba a *South Park* até eu ficar com a sensação de que a gente tinha se falado ontem mesmo, e anteontem, e na segunda, e no domingo, e assim regressivamente. E o aperto no meu peito veio ainda mais forte. Ela me contou dos dias dela e eu contei dos amigos que fazia e do desafio de enfiar todos eles dentro de um único carro. Ela estava trabalhando no consultório da mãe e gostava. Ela estava aprendendo japonês, ela e seu primo, Casulo, que ia se mudar para Tokyo eventualmente. Ela era voluntária no Parque de Aves todo fim de semana e feriado, e adorava. Ela estava escrevendo um livro de contos de terror. E ela prometeu, na emoção do momento e desejando que aquilo fosse uma previsão e não apenas palavras, que ia me visitar no natal. E enfim, que ela tinha que desligar, que ia sair com os pais para comer uma pizza.

"Tá. Bom, feliz aniversário. Boa pizza. Foi ótimo falar com você."

Ela agradeceu e lamentou minha ausência nos seus vinte anos de idade. Antes de desligar, ela me chamou pelo nome, meu nome que ela nunca usava, nem mesmo quando estava com raiva ou quando brincava de ser formal (nessas ocasiões, a gente se tratava pelo sobrenome, e na primeira, ela simplesmente me chamava de 'idiota').

Mas ali ela me tratou por meu nome de batismo, como se introduzisse o assunto mais sério que já falou comigo em toda a nossa vida. Após um suspiro, ela soltou reticente.

"Essa ligação foi de longe o melhor presente que eu já ganhei." Meu coração ficou do tamanho de uma castanha e eu soube - ou fingi saber - que não mais ligaria. Porque a dor de desligar superava a alegria de atender. E se já atuava entre nós uma distância no espaço, agora era uma questão de tempo. Assim, deixei o tempo passar, porque, afinal, ele passaria de qualquer forma. O único dia em que pensei de novo em Tina foi quando vi Dook numa capa de caderno. E depois hoje. Até onde me lembro, nem mesmo sonhei com ela em todo esse tempo. Meu inconsciente silenciado depois de ter causado tanto dano.

Hoje eu vejo todas essas circunstâncias que plantaram e germinaram as dúvidas no meu gênio oculto. E a mais estridente foi a já mencionada abordagem de Sabine. No dia seguinte, eu admirava a Tina como se aquela foto íntima tivesse em minhas mãos, me mostrando aquele lado mulher que eu desconhecia, obscurecido pela nossa amizade. Tina era uma de nós, sempre foi uma de nós. Eu nunca vi seu corpo antes de ver sua personalidade, e essa última, para mim, era tão compatível com yang que era absurdo considerar como o yin que nos complementava.

E naquela noite eu sonhei que não éramos amigos, mas apaixonados. Foi basicamente isso. Eu gostava da Tina e alguém veio e me falou que ela estava a fim de mim. Quando eu a encontrei, a gente se beijou.

E eu acordei e tive que colocar meus lençóis para lavar, com a umidade do meu fluido expandido numa mancha circular através do meu pijama. Estranhei a reação do meu corpo mais do que a sugestão onírica, que sonhos para mim eram tão confusos e aleatórios quanto poderiam ser. Versos tirados de um chapéu.

Quando passamos pela entrada, o painel marcava 51 minutos. Um corredor em curva levava para dentro da cúpula, já com uma iluminação branda na altura de nossas canelas. Mabel trocava suas experiências astronômicas, que nunca tinha visto Marte, que quando era criança viu Saturno, mas que era tão pequeno e perfeitinho, que a impressão que ficou era a de um adesivo colado na ocular do telescópio. Eu tinha visto a Lua quando criança e, naquele mesmo observatório, a M42 com Aly. Paul compartilhou que também vira Saturno, a Lua e Júpiter, sendo este no observatório de Vancouver. Ele não disse com quem foi ou o que o levou ao litoral, mas todos nós sabíamos, inclusive Mabel, pela forma que seu sorriso esmoreceu em sombras. Sandquist nunca tinha ido a um observatório, mas costumava ter um telescópio amador. Justine tinha visto a Lua e Marte com um binóculo. Martin só observava a olho nu, mas costumava criar suas próprias constelações quando criança.

E foi nesse momento que me bateu a angústia de Mabel. Todas aquelas observações não eram de outro espaço. Era o céu da Terra, essas exatas coordenadas na Via Láctea, que ocupa essa rocha biótica. Então quando foi que deixou de ser interessante? Quando foi que os mistérios cósmicos atraíram mais que o nosso próprio mistério? Por que procurar lá fora se as respostas estão todas aqui? O céu da Terra ainda é a Terra, e nossas observações não precisavam parar por ali: eu vi Marte, Saturno e a Lua; eu vi Júpiter, nebulosas e aglomerados; eu vi a passagem do cometa, e também vi a Lua tapar o Sol; vi um pássaro eclodir de um pequeno ovo, e vi o Sol nascer do alto de um morro; vi uma floresta mais velha do que a humanidade, vi um cristal com a idade do planeta, vi uma matilha de dez vira-latas, vi um raio atingir um pinheiro, vi um polvo, um peixe-espada, uma tartaruga, um recife de corais, e vi uma baleia azul; eu vi o primeiro passo de uma criança, uma semente germinar, o céu se cobrir de nuvens e a luz do Sol na chuva criar cores no ar; eu vi uma colmeia surgir, vi uma flor se tornar uma fruta; eu vi pessoas se encontrarem e se perderem.

E já dentro da cúpula escura, eu vi que Mabel tinha razão e seu medo era legítimo. Não é do feitio humano estar satisfeito e contente. Aquilo jamais significaria missão cumprida e hora de descansar, mas certamente o início de outra longa contagem regressiva. Aquele planetinha deserto e em paz, prestes a ser perturbado. Ela estava certa: talvez não fosse motivo de celebração. Façamos então um funeral jubiloso. Que essa festa seja um tributo aos tempos de outrora, quando o desconhecido se abrigava do outro lado do horizonte e os oceanos eram a última fronteira.

Nossos olhos já tinham se ajustado à escuridão. A gente sussurrava como se estivesse diante de algo sagrado ou frágil, como se nossas vozes pudessem ser ouvidas no espaço, capazes de incomodar as exploradoras naquele delicado momento. Uma jovem estagiária nos guiou pelos degraus móveis. E eu vi Mabel olhar pelo telescópio e sorrir para Paul logo depois. Ele estava ao seu lado, e aquilo bastava para ela sentir que ficaria tudo bem. Eu vi a preocupação sumir de seu semblante. E pensei em todas aquelas vezes em que ficaram sozinhos na noite de hoje e se já tinham secretamente trocado beijos e carícias, além de palavras gentis. Que não fosse hoje, mas antes então, apenas eles num quarto, quando era para estarem na aula de vinho. E se, por acaso, aquela proximidade, aquela atração mútua, não fosse de hoje e nada tivesse a ver com Landmark II?

Através da ocular, apesar de todos os filtros de correção e realce cromático, Marte parecia frio.

"Frio e distante, Benz. E não sou eu falando, essas são palavras dela." Gil me pressionava por uma confissão. A gente estava numa daquelas sessões de videogame na casa dele.

"Não tem nada disso. Não aconteceu nada. A Tina está sendo dramática." eu negava meu afastamento proposital. Porque na verdade eu queria sentir o calor da pele dela e a maciez de seus cabelos, aquele cheiro de baunilha que não sei de onde vem e quando ela se despedia ou me cumprimentava com um abraço ou um beijo no rosto, meu coração batia tão forte que eu tinha receio de que ela ouvisse. E eu queria continuar ali, perto dela, nos braços dela ou tocar sua bochecha com a ponta do meu nariz e dormir assim, únicos. Mas esses pensamentos eram completamente inapropriados, pois Tina era uma amiga. E a ideia que sua proximidade me inspirava era incompatível com os sentimentos que permitiam essa amizade.

E todas aquelas emoções intrusas que ameaçavam nossa relação, eu despejava em Sabine. Nossa união era quase um desabafo, que por vezes me vinha uma angústia de pensar naquele sonho, nos seus lábios, na sua risada ritmada, na forma de seus seios firmes, no conforto da sua pele, nos seus dedos na minha nuca, o âmbar vivo de seus olhos inquietos, suas orelhas geladas e repletas de piercings. A foto que eu nunca vi.

Mas a foto de Sabine me confortava quando ela não estava comigo. Eu insistia em permanecer atraído por ela, pois ela sim combinava com meu sexo, minha língua, meu pênis. E Sabine era alguém que eu poderia namorar e que, com o tempo, me conheceria como Tina me conhecia, e talvez ela também fosse acertar meus defeitos, escutar meus medos e aliviar minhas dores apenas com sua presença. Sabine poderia sim um dia vir a me fazer rir e me comover na mesma intensidade, pronunciar meu nome com tanto afeto que me tornasse importante, e ser meu ponto de referência, minha bússola, meu álbum de fotografia, minha música de ninar. Se ao menos eu pudesse redirecionar esses sentimentos...

Ou eu podia apenas matá-los de fome, aprisioná-los, esquecidos numa masmorra de difícil acesso. E esperar algumas semanas, ou várias semanas sem me nutrir de Tina e tudo ficaria bem. E eles viriam a mim, também em sonho, envergonhados, a se desculparem. "Benz, você tinha razão, é só amizade mesmo. Onde a gente estava com a cabeça? É a Tina, caralho! Obrigado por não nos dar ouvidos nesse momento de loucura."

E eu poderia até falar para a Tina depois, contar meus motivos, e ela com certeza entenderia. "Eu achei que estava gostando de você e tive que dar um tempo pra minha mente clarear. Mas agora está tudo bem, deve ter sido uma virose." E a gente iria rir e ela me daria um soco no braço por eu ter deixado ela tão triste naqueles dias em que eu inventava desculpas para não encontrá-la, ou por todas as vezes que saía quando ela chegava, ou não contava uma novidade que ela tinha que saber pelos meninos, ou todas aquelas respostas monossilábicas antes de subitamente ficar ocupado ou me lembrar de algum compromisso.

E agir dessa forma era ainda mais angustiante para mim do que para ela, pois ia contra todos os meus desejos e eu provocava em mim mesmo uma saudade que Sabine era incapaz de matar.

Depois de meses, quando ficou insuportável, eu procurei o Bispo e tirei da minha garganta esse novelo grosso de palavras. "Eu acho que eu gosto da Tina."

"Claro que não, Benz, é a Tina! Vocês sempre tiveram essa... essa coisa. A amizade de vocês é assim mesmo. É como suas almas interagem. Não confunda as coisas, não sacrifique isso que vocês têm. Ela está muito chateada, sabia? Com isso de vocês estarem distantes. Para com isso."

E se o Bispo não me levou a sério, quem diria os outros? A única pessoa com quem eu poderia me abrir sobre isso era a Tina. Ela sim ouviria, entenderia, daria conforto e bons conselhos. Mas essa era a única vez que não dava pra falar de garotas com ela. 43 minutos.

Enquanto o pessoal comprava bebidas, falei com Sandquist sobre a minha suspeita acentuada e a declaração preocupante de Mabel sobre viver no momento e sem arrependimentos. "Você acha que eu devo ser direto e perguntar pra eles?"

"Se está rolando algo?"

"É, ou se vai rolar."

"Benz, se você tiver uma resposta - se é que você vai ter uma - e for não, vai ser bastante constrangedor pra você e eles vão ficar ofendidíssimos."

"E se for sim?"

"Se for sim, meu amigo, você vai estar numa situação terrível, bem no meio de uma grande bagunça. De qualquer modo é um mau negócio ficar tão preocupado assim com os dois. Esquece isso, aproveita a noite, vá conhecer alguém. Além disso, eu falei com o Paul no caminho pra cá, na van. A gente falou sobre o casamento dele, sobre a Malory. Deu pra ver que ele ama muito a esposa, que ele nunca, nunca faria qualquer coisa que fosse magoá-la."

Tá certo, pode ser. Ele ama Malory, mas fode Mabel. Ele nunca contaria a verdade para a esposa, para não magoá-la. E nem teria a decência de deixá-la, para não ferir seus sentimentos. Porque ele a ama, claro. E tudo está perdoado, pois as intenções são boas.

Não. Não é justo com Malory, não é justo com Mabel, não é justo nem com Paul. A minha lealdade estaria ratificando seu erro, a minha omissão estaria cúmplice de suas decisões erradas. Talvez um amigo, um verdadeiro amigo, jamais iria se omitir. Um verdadeiro amigo iria orientá-lo quando perdido estivesse. Não dá para deixar pra lá e aproveitar a noite, ou me distrair com alguma mulher. Eu vou continuar de olho, vou continuar em cima, pronto para intervir caso eu veja qualquer indício de uma concretização.

"Benz, se o Paul quiser trair, ele vai trair. Ele a encontra toda semana nessa aula de vinho. Com certeza, já trocaram telefone. Não é melhor ficar fora disso? Não é melhor sustentar a possibilidade de que ele não esteja traindo, mesmo que não seja verdade?"

Martin e Mabel vieram logo depois de Justine e Paul, trazendo um cachorro quente cada. E a incômoda sensação de estar diante de dois casais. Mabel deu umas três mordidas e passou o resto para Paul, sem oferecer, e ele aceitou sem agradecer, como se dividir o cachorro quente já tivesse sido combinado antes da compra, o que de fato foi.

Lentamente, descemos o gramado, nos misturando com todas aquelas pessoas tão iguais. A mesma energia, as mesmas cores, o mesmo objetivo e o sentimento crescendo conforme os números diminuíam.

Eu segurava a mão de Sabine com força, sentindo nosso ápice em tremores prazerosos. Depois eu a abracei e enterrei meu rosto no seu cangote. "Fala, Benza."

Numa necessidade súbita, eu falei então: "Eu acho que eu gosto da Tina."

"Você acha?"

"Eu não sei. Pode ser só uma intensa admiração, que no final não passa de amizade."

"É a mesma coisa que você sentia antes, esse carinho pela Tina? Ou parece novo?"

"É diferente. É como se ela tivesse virado outra pessoa."

"O que você tinha antes era amizade, talvez a mais pura forma. Isso agora, Benz, é sim outra coisa. Fala."

"Mas eu não..."

"Fala. Fala e vê se soa verdadeiro."

"Eu me apaixonei pela Tina." E depois de novo, pausadamente, ouvindo cada palavra que me engasgava. "Eu. Estou. Profundamente. Apaixonado. Pela minha melhor amiga."

"Sinto muito. Quando você vai contar pra ela?"

"Nunca! Quando passar. A Tina é minha amiga, Sabine, não dá."

"Vai por mim, ela também quer. Tá na cara que ela gosta de você. Todo mundo vê, só vocês dois que não. Às vezes, uma declaração sua é o que ela precisa pra enxergar."

Eu acho que preferia o conselho do Bispo. Se eu cruzasse essa porta e chegasse na Tina, provavelmente nunca mais conseguiríamos ser amigos como antes. A gente iria se tratar de modo diferente. E ela diria que gosta de mim como amigo, como irmão, e que não queria perder isso que a gente tem. E eu rebateria que nós já perdemos. E ela diria não, por favor, volte ao normal, que ela também já tinha confundido sentimentos e eu nem fiquei sabendo, que essas coisas passam, sempre passam.

Então, para poupar todo o constrangimento e evitar o desnecessário, não falei nada, nunca.

Os meses passaram, afinal. E eu resolvi 'voltar ao normal' ou fazer o possível para aparentar o normal. "Vai me dizer o que deu em você?"

"Nada, Tina. Estava preocupado com as notas, minha cidadania canadense que não sai, umas bobagens assim. Desculpa ter agido estranho, deve ter sido um parasita."

"É, foi sim, o *Escrotium aleatorius* se alojou no seu cérebro." Nós rimos e ficou tudo bem. Bem até demais. Tina até chegou a comentar depois como eu estava diferente, implicando menos, mais atencioso.

"Tá achando ruim? Prefere como era antes?" eu implicava só pra disfarçar, e me dei conta de que tínhamos entrado num novo capítulo de nós, que se eu conseguisse ressignificar aqueles sentimentos dúbios, então seríamos amigos para o resto da vida.

Eu conhecia garotas novas, do Major Olegário, graças ao Bispo, e as novatas do Border Lira que Dook e Marcel me apresentavam. Fiquei com a Brenda. Fiquei com a Jess. Retomei o contato com a Bobbi. Ia para a cama da Sabine a toda viagem de seus pais pro interior. E Tina começou a se envolver com um colega nosso.

Talvez a gente estivesse confortável demais com a certeza de nossa afinidade. Ou talvez aquele tempo mais afastados tenha nos inspirado a procurar novidades. O resultado é que paramos de nutrir diariamente aqueles laços. Laços em fitas verdes, se afrouxando como cadarços se afrouxam no impacto do caminhar. Você nunca disse nada.

O ano passou veloz por nossos dias, e logo era a festa de despedida, de encerramento das aulas, de formatura, qualquer uma dessas desculpas. E Tina bebia mais do que estava acostumada. "Ela não gosta desse clima de despedida. Mês que vem você já vai embora e ela não gosta nem de falar do assunto." Gil e Marcel concordavam. Eu ia embora em duas semanas.

Já no fim da festa, o namoradinho da Tina já tinha ido embora. E conversando numa roda, estávamos eu, ela, Dook, Sabine e mais uns quatro colegas, nossos e três ex-colegas do Border Lira. A gente relembrava os anos que passamos juntos, e Sabine trouxe o episódio do amigo-íntimo do segundo ano. "E o pior é que eu achava que esses dois eram um casal e fui trocar de foto com a Tina, e passei vergonha." ela achava hilário.

"Ah, normal, mesma coisa no Border, todo mundo tinha certeza."

Dook aproveitou para partilhar a origem do meu apelido, como o cara da pista de skate também me tomou por namorado da Tina.

"Mas, falem a verdade, vocês dois: nunca aconteceu nada? Nenhuminha vez?" uma garota do antigo colégio incentivou a confissão. Outro lamentou, porque achava que a gente "super combina e teria dado muito certo."

"A gente já dá certo. Mais que isso teria estragado." desviei com bom humor. E foi então que Tina, ou a embriaguez de Tina, se manifestou entre olhos miúdos:

"Estragado? Às vezes não. Às vezes eu penso como teria sido."

"É! Vocês tinham que ter tentado!" Sabine se animou ainda mais do que animava.

"Tentem agora! Ainda há tempo!" outro propôs, como se levasse um choque.

"Não, não. Agora é tarde, estou comprometida. E o Benz também não tem nenhum interesse."

A fala da Tina mais me irritou que comoveu.

"Espera aí, você está falando sério, Tina? Vai vir com essa agora?"

"Que foi? Quer tentar?" ela não captou a seriedade da minha voz e continuou na brincadeira.

"Foi você quem arranjou alguém e eu que não tenho interesse?"

"Verdade, argumento válido." Dook inflamou a zombaria. Os outros foram na dele. E no meio da algazarra, poucos ouviram, ou somente eu ouvi a resposta dela, num tom sóbrio e apático:

"Eu fiquei dois anos solteira. E você nunca disse nada. Você nunca fez nada, Benz."

Uma semana depois a gente se encontrava e eu não sabia o quanto ela se lembrava ou se tudo tinha se esvaído na verborragia irrelevante do álcool. As coisas estavam ligeiramente estranhas.

"Eu falei, é esse clima de despedida que ela detesta."

Minha passagem aérea, minhas malas feitas, meu passaporte canadense, meu visto de imigrante, meu novo endereço, minhas cartas de amigos, meus cartões de despedida, meus presentes, minhas lembranças.

Nós seis percorremos todos os lugares marcantes da cidade durante aquela semana, um adeus geográfico, um roteiro turístico por meus dezoito anos de história. A pista de skate reformada, o pombal agora era uma lanchonete. Uma turminha de dez anos de idade passou por nós, skates debaixo do braço ou apoiados sobre os ombros. Bispo apontou com a cabeça, e ninguém precisou dizer nada, nada além de sorrisos saudosos e cúmplices.

No último dia, a gente viu o Sol se pôr do alto da estação meteorológica. E foi quando Tina me deu seu presente de despedida que ela vinha escondendo na palma da mão. "Esse aqui eu tenho há anos. Eu quero que você fique com ele."

Algo de você pra mim. Eu voltei pra casa revirando aquele skate de dedo em minhas mãos. Eu sei que devo ter ainda, pois guardei com o esmero que se guarda um segredo de criança pequena. Se eu procurar pelas gavetas, hei de encontrar. E aquele longo abraço. As mãos dela nos meus ombros e a ponta do nariz dela tocando o meu, no máximo de proximidade que ela se permitia em sua honrada fidelidade. Como teria sido? Quanto de você faz quem eu sou?

Faltavam 29 minutos para o pouso. E a fidelidade de Paul parecia exausta. Nós todos estávamos contaminados pelo pulsar da pista de dança, sintetizadores e efeitos luminosos, uma massa vermelha e laranja em sinergia. Meus olhos traçando uma tríade:

Paul, Mabel e a contagem. Eles se moviam em comunhão energética, os olhares magnetizados e as mãos inquietas no breve encontro. A dança nascida no mesmo metro quadrado. Eu deveria falar logo com Paul, prevenir qualquer ideia projetada em sua mente entorpecida de Mabel. No gigantesco anteparo, uma animação do planeta vizinho girava, crescia, minguava. O DJ mixava o áudio de momento da TV com belas melodias de cítara, percussão tribal e os temas de um milhão de gerações. As notas de um piano, as vozes ansiosas de repórteres, âncoras, cosmonautas, líderes, professores, terráqueas em transmissão alternada. Quando eu olho de novo, 23 minutos. As mãos dele acompanhando a cintura dela.

Fui ao banheiro. Os caras lá dentro gargalhavam de empolgação. Até ali havia uma tela, acompanhando o desfecho da viagem. "Isso, Harper, parece que serão oito levitadores equipados com câmeras de alta resolução. Eles serão ativados e se soltarão da nave quando esta atingir a velocidade de cruzeiro, certo? Aquela velocidade de um avião comercial, um pouquinho abaixo de seiscentos quilômetros por hora. Essas agora são imagens ao vivo, Landmark II já atingiu a face iluminada, a gente vê aí a linha do horizonte..."

Com a água fresca banhando minhas mãos, meu reflexo me olha do espelho circular. Ele continua lá, espelhando minhas próprias expressões de volta para meus olhos. Tá certo, eu decidi ali que contaria tudo para Malory, caso algo viesse a acontecer. Eu não seria mais um a esconder a verdade. Ou melhor, mesmo se algo não acontecesse, que aquilo fosse um alerta, eu ainda contaria. Poderia soar como uma dica, uma sugestão pra ela ficar mais em casa, conversar com Paul, voltar a sair com a gente, sair com ele. Eles eram tão bons juntos... São, eles são.

Quando voltei, os encontrei junto a uma tenda-bar, com garrafas d'água a repor o líquido perdido de seus corpos. 20 minutos, mudando para 19. Paul e Mabel de conversinhas, um tentando fazer o outro rir. A alegria dos dois já não era contagiante, nada além de irritante. Sandquist me deu uma garrafa e eu bebi metade de uma só vez. Que se dane, o resto eu virei sobre minha cabeça, num impulso de intolerância. "Vocês dois... Vocês não se cansam disso?"

"Benz, Pina Bausch conta a história de um acampamento cigano que visitava na Grécia. Numa noite não mais especial do que essa, eles dançavam juntos numa ciranda espontânea. Mas Pina não se atreveu, por medo de errar. Então vem essa garota cigana, linda, de doze anos, e a puxa para a roda. *Tanz, tanz. Sonst sind wir verloren!*" E num só movimento ela me envolve com seu xale e me pega pela mão.

Dance, dance. Do contrário estaremos perdidos. E quando eu olho de novo, os 19 minutos viraram 15. Eu fecho os olhos e sinto a melodia em mim. O movimento do planeta azul agindo na vida que se movimenta como matriz orgânica, energia estelar convertida em matéria e espírito. Histórias construídas em amor e medo, se não por medo, certamente por amor. O encontro, o desencontro, o reencontro. Quer dizer que se ela aparecesse aqui amanhã, tentando impedir esse casamento e dizendo estar arrependida e ciente, enfim, de que você é o amor da vida dela, ainda assim você se casaria com a Malory? Mas ela não apareceu, pois nem mesmo sabia. E às margens de um belo lago, ele prometeu amar outra por mais sessenta anos. Mas não foi apenas isso, Paul. Foi amá-la e respeitá-la. E logo eram 12 minutos.

Sandquist estava certo: se Paul fosse trair, ele iria trair. Fosse escancarado na nossa frente, fosse sem testemunhas, posteriormente. O meu papel nisso não era tentar impedir, pois isso era impossível. A situação caiu no meu colo para que eu somente observasse e relatasse, para que eu dissesse o que vi e o que acho. "Mas eles se beijaram, Benz?" Eu não vi, mas acho que sim.

Então foi assim, nos 10 minutos finais, que eu senti a conversão de ansiedade para calma. Meu olhar se separou dos dois e se expandiu à minha volta e para dentro de mim. Landmark II aprendendo a existir na gravidade de Marte. E a contagem se reduz a um único dígito.

Pessoas dançando como se aquilo pudesse salvar suas vidas. E desconhecidos se olhavam nos olhos, que nossa dança era uma só onda a nos lavar de todo mal. Os desconhecidos ao meu redor, sorrindo em reconhecimento intraespecífico, faziam parte de uma mesma humanidade, parte integrante de uma só biosfera. Nós estávamos em casa, com nossos colegas de quarto.

A música parou. O telão foi tomado pela imagem do noticiário. 6 minutos. A multidão atenta às falas da repórter que explicava a manobra de pouso. "...conforme a velocidade for diminuindo, a espaçonave vai ganhando uma inclinação até atingir os noventa graus. Os propulsores inferiores vão estabilizar Landmark II na vertical e a primeira-almirante vai assumir os controles manuais para iniciar a descida. Agora as meninas estão voando a uma altura de..."

"Onde está o Paul?" quem pergunta é Martin.

Olho para a esquerda e vejo Mabel o buscando com o olhar. É Sandquist quem põe fim ao mistério:

"Ele foi pra um lugar mais tranquilo, lá pra cima, pra ligar pra Malory. Combinaram de ver o pouso juntos, lembra?"

Dois levitadores se soltaram de Landmark II, anunciados com euforia pela repórter. A câmera ofereceu uma tomada aberta da espaçonave se afastando, como um avião futurista. Duas lentes independentes se posicionando para captar o pouso a distância. Vimos o veículo desacelerar enquanto levantava seu nariz, como se subisse uma ladeira de ar. 4 minutos parecia muito tempo.

Vi a angústia voltar ao semblante de Mabel, agora sem seu amante para dissipá-la. Agora era algo que eu conhecia, esse aperto no peito, essa sensação de algo fora do lugar, um intruso no céu opaco, queimando combustível, enquanto buscava se estabilizar numa verticalidade. Ela me viu olhando-a e comprimiu os lábios numa linha, em visível aflição. Eu afirmei com a cabeça, sinalizando empatia. Dei dois passos na direção dela, voltando-me para o telão.

As caixas de som entregaram a voz abafada da primeira-almirante Praj Chakrabarti. "Logan 3, Logan 4: ativados. Logan 5, Logan 6: ativados. Sinal estabelecido. Ação, baby."

"Aí está! O restante dos levitadores já foi acionado, essas são imagens ao vivo, direto de Marte, Landmark II verticalizado, e nós estamos a dois minutos de tocar o solo." a repórter quase gritou, num tom de comemoração. O público ao meu redor não resistiu ao seu entusiasmo e se manifestou em aplausos e gritinhos.

E lá vamos nós, pensei em voz alta. Os olhos de meus amigos presos à projeção, brilhando à luz de Marte, a imagem surrealmente nítida de Landmark II planando no ar parecia mais um filme fabricado.

"Iniciando a descida." Praj anunciou, após uma série de conferências técnicas com suas companheiras e a equipe remota da IAC. Justine se apoiou no meu ombro e deu pulinhos excitados. "Sente-se sobre essa pedra escarlate, vou mostrar-te o medo num punhado de pó." Sandquist adaptava T.S.Elliot.

1 minuto. A cauda em chamas de Landmark II oscilando e reluzindo ao conduzir a besta de titânio e grafeno. Seis câmeras alternando a nutrição de um planeta inteiro. E Mabel está olhando para trás, sobre o ombro direito. Ela olha na direção do gramado. Ela procura por Paul. E o que a contagem passa a exibir são segundos e milésimos de segundo. Os números passando tão rápido que é apenas um borrão luminoso, impossível de se acompanhar. E me parece que apenas ao presenciar essa ordem de grandeza cronométrica é que a gente se dá conta de como realmente corre o tempo.

48 segundos. Nós estávamos nervosos como num primeiro dia de aula. Era difícil respirar, era loucura sequer piscar. Mas Mabel não olhava a contagem, não olhava a tela e o descer da espaçonave, apenas lá para o alto, lá perto da cúpula, onde seus olhos não alcançam. 30 segundos. E eu quase decifro aquele olhar distante, um olhar melancólico. E o brilho úmido de seus olhos deve ser mais do que lágrimas contidas. Ela respirava fundo, com sua canetinha nos lábios.

A multidão conta junto os últimos 20 segundos. A poeira marciana se ergue numa nuvem que envolve a espaçonave esguia. Uma quantidade inacreditável de poeira. Um solo de guitarra explode ao nosso redor, o DJ remixando Bowie. Então, me vem subitamente, como um golpe no peito, e tudo faz um terrível sentido. Eu me senti minúsculo, e a emoção crescendo em mim. Aquilo nos olhos de Mabel, aquilo que vinha apertando seu coração como mil atmosferas. Não era medo. Aquela mulher estava apaixonada. Ela sabia que perdera algo que jamais recuperaria.

Ao nosso redor, as pessoas urravam a dezena final. Outras já se abraçavam sem nem se conhecer, beijavam a testa de estranhos, taparam a boca em assombro, choravam sem perceber. Eu já nem vejo mais a moça solitária. 5 segundos.

Um.

Um mamífero terráqueo pisando outro solo. O único a deixar pegadas na sua areia laranja extraterrestre. Onde você estava quando a vida chegou em Marte? E onde ele está, que não ao seu lado?

O:

O termo correto é adultério. Traição é o que ocorre quando há quebra de um pacto. O termo correto é teúda. Amante é aquela que ama.

Fomos embora por volta das três horas da manhã, tendo se delongado mais um pouco depois do pouso. Até que nossos pés impuseram o fim com uma clara ordem de 'chega'.

A melhor decisão da noite foi permitir que Martin e Justine fossem de carro. Não sei o que seria de nós diante de mais uma epopeia para voltar ao ponto de partida.

Nem precisamos ir apertados no banco de trás. Sandquist se despediu ali mesmo: London ligou e iria direto para o Observatório buscar seu homem.

Se fosse mais cedo, teria dado um jeito de me sentar entre Paul e Mabel. Mas àquela altura eu preferia lutar pela janela e ter uma quina para apoiar meu cansaço. Ela foi na outra, embora apoiasse a cabeça no ombro de Paul.

"Ouvi que Landmark II pousou com atraso."

"Dois segundos."

O casal na frente era os que mais falavam. A música ainda ecoava em nossos tímpanos e o silêncio era bem apreciado.

De volta ao *The Bluesman*. O pub continuava movimentado, mas já não derramava pessoas pela fachada. Paul tinha vindo de carona com Biky, e como ele morava mais na direção da minha casa do que da casa de Martin e Justine, a carona de volta coube a mim. "Pode levá-la também? Não é longe, eu te guio." Mabel descia do carro, sonolenta e confusa.

Ela passou para o meu banco de trás e o transformou num leito. "Obrigada, Benny" ela murmurou, se ajeitando com o xale de cobertor.

A pista vazia, os semáforos funcionando para ninguém, num contínuo luminoso mecânico. Uma garoa deixava o asfalto brilhante com as luzes amarelas dos postes. Passamos por um grupo jovem, ainda cheio de energia, cantando alto na calçada.

"E a Malory?" puxei assunto com Paul.

"Liguei pra ela quando faltavam dez minutos. Ela estava em Besiktas com os colegas. Mandou um abraço, aliás."

Mabel respirava pesadamente atrás de nós, à maneira de quem dorme. Fiquei tentado a perguntar sobre ela, saber detalhes de como haviam se reencontrado, se foi ela quem o procurou ou se foi ele, ou se foi por acaso, em qual rua. E de quem tinha sido a ideia do curso de vinho, para que convivessem. E mais que tudo, eu queria apenas uma confirmação do que estava acontecendo ali.

Paul me dizia em quais ruas virar. Passamos por uma casa de festas com música ao vivo. Para alguns, a noite continuava, parecia não ter fim. Eu, esgotado, não desejava mais nada além do fim.

"É aqui." Parei em frente ao prédio de Mabel. Paul desceu e abriu a porta traseira para acordá-la gentilmente. Ela choramingou, como uma criança contrariada.

Quando eu me despedi, senti um traço de compaixão. Ela me agradeceu com sinceridade no olhar. Eu quase desejei em voz alta que ela ficasse bem. Que toda dor seja passageira e todo amor inofensivo. Ela envolveu minha mão com o calor das suas e sorriu com sutileza.

Paul a acompanhou até o portão. Pelo retrovisor eu vi que ainda trocaram algumas palavras a curta distância. Um beijo terno no rosto dela e um abraço afetuoso, raro de se ver. Quando ele voltou para o carro, eu suspirei minha exaustão e entreguei de uma vez:

"Paul, fala a verdade, ela é sua amante?"

Sim, ela é. E eu vi um amigo arrasado por um segredo que o envenenava. Deve ser libertador dizer a alguém. Mas escutar de alguém, eu já posso dizer por experiência própria que é uma chave de braço de onde brotam lágrimas.

"Caramba, Paul… Caramba." Por um momento, as palavras nos faltaram, a ambos. O silêncio nos levou por duas quadras.

"Mas foi só uma vez, Ben."

Foi semana passada, quando Malory já tinha partido para Istambul. Era difícil crer que durante um ano quase, eles vinham se relacionando amigavelmente até um ponto recente em que o sexo se fez necessário. Até então eles eram amigos em segredo? Se era uma amizade inocente, pra quê escondê-la de Malory?

"Eu não queria deixá-la enciumada ou insegura."

"É, e não a toa, não é, Paul? A única pessoa que você amou mais que ela. Certamente poderia deixá-la insegura…"

"Foi só uma vez, Ben. E não vai mais acontecer. Era uma ponta solta, uma tensão que a gente precisava desfazer. Eu sei lá o que deu na gente… Aconteceu. Foi mais forte."

Ai, Paul… Foi mais forte porque você lhe deu força. Você que deveria ter sido mais forte quando ela te ligou após a morte do pai, após ela revisar sua própria vida, após o término com um cara que nunca amou, após largar um emprego que sempre odiou.

"Mas, a princípio, eu não quis encontrá-la, não achei apropriado, já disse logo que estava casado. Só que eu não consegui mais parar de pensar nela. E começou a me dar um vazio... uma angústia... Você sabe. Eu achei que poderíamos ser amigos. Nós dois achamos. E conseguimos. Foi só agora que... as coisas saíram do controle. Uma vez apenas."

E eu tentei acreditar nele. Se ele já estava sendo sincero, por que continuaria mentindo? Mas nem só de intenções vive o homem. E aquilo já tinha se mostrado mais forte que centenas de dias de boas intenções. Agora que eles já cruzaram essa linha, vai ficar mais fácil cruzar de novo e de novo e de novo, sempre com a noção enganada de que será pela última vez. Não é do ser humano estar satisfeito. Eles já tinham ficado longe um do outro por muito tempo.

Eu vejo a armadilha da justificativa, que é uma exceção legítima, sem uma negligência emocional ou descaso afetivo. Ele ama Malory, mas tinha que saber como seria. Eu mesmo, no meu último abraço em Tina, sentindo o nariz dela no meu, a respiração dela na minha, quis beijá-la. E quis que ela me beijasse, sem jamais considerar uma traição.

Paul não ousou me pedir segredo. Ele sabia que era injusto. Mas ele esperava que eu entendesse e não fosse tão rápido em julgar. E pesasse todas as consequências para Malory, que ficaria devastada.

Eu subo o elevador nessa noite fatídica, exausto, mas sem conseguir dormir. Eu me jogo no sofá e tento pensar num bom motivo, ou qualquer motivo que justifique o que estou fazendo.

Sim, isso iria destruir Malory. Mas, e depois? Por acaso ela conseguiria perdoar? E Paul se perdoaria, e Mabel arranjaria alguém para seguir em frente sem arrependimentos. E tudo não passaria de história, a crise dos sete anos, quando M & P quase foi abatido com uma arma tão lúdica que é o bumerangue. "Vocês lembram daquela vez em que Paul inventou de arranjar uma amante, a talzinha?" diremos num deboche, entre gargalhadas, perante o absurdo da ideia.

Ou, por acaso, Malory nunca conseguiria perdoar e Paul, sem argumentar para salvar P & M, a veria partir? A princípio, com relutância, Mabel seria acolhida por nós. Mas os dois jamais durariam muito, pois a culpa de Paul ainda o assombraria meses depois. E Mabel jamais poderia confiar inteiramente na sua fidelidade depois de seu caráter ter falhado no primeiro grande teste. "Lembra da ex-esposa do Paul? Que pena que não deu certo..." Lamentaremos, sem a recordação de seu nome, ou evitando o nome para não arrancar casquinhas de feridas. Porque nunca mais teremos notícias dela, teremos que escolher um lado, porque nessa guerra não pode haver Suíças. E onde houvesse Paul, jamais poderia existir Malory. Que lástima seria nunca mais ver Malory... "Mas vocês já nem eram mais tão próximos assim..." alguém vai me lembrar, estranhando minha frustração. Sim, mas...

Certo, primeiro de tudo, o que é uma traição, afinal? É apenas chegar às vias de fato? Ou um beijo que seja? Ou é também dar as mãos, sair juntos, se divertir, se importar, sentir falta e pensar dia e noite? É nunca esquecer seu primeiro amor eterno e inevitavelmente se perguntar como teria sido?

Agora eu ligo a TV para tirar isso da cabeça por um momento e me distrair. Mas, previsivelmente, não há mais do que um assunto a ser tratado. As imagens recuperadas do pouso, as imagens da equipe desembarcando com baús, o início da montagem da base ao redor de Landmark II. Nenhuma contagem regressiva em nenhum canal, em nenhum canto da tela.

E a legenda confirmando a profecia de Mabel: e agora?

Eu tiro o som e fecho os olhos. Não é do ser humano estar satisfeito. A luz azul refletindo nos vidros e piscando atrás de minhas pálpebras. E eu sinto uma urgência muito forte de ligar para Malory. Não para contar. Apenas para conversar.

Dias Ferpella nasceu em 1990 no sudeste brasileiro e começou escrevendo contos, roteiros e peças de teatro. Em 2015 partiu para a África do Sul para trabalhar com reabilitação de fauna e conservação ambiental, mas jamais deixando de escrever em seu tempo livre. De volta ao Brasil, dedicou-se a concluir seus projetos literários inacabados e a romancear roteiros. Seu estilo inconfundível não demorou a chamar atenção e foi reconhecido pela Academia Rio-Grandina de Letras com o Prêmio Castro Alves. Publicou seus primeiros livros de forma independente: em 2019 estreou com Você vai ficar bem e a versão em inglês You'll be alright e no ano seguinte escreveu o suspense distópico Nictofobia.